Ein Zimmer irgendwo

Nortrud Boge-Erli

Hermann Schaffstein
Verlag
Dortmund

ISBN 3-588-00181-6

4. bis 8. Tausend
Einbandentwurf: Ursula und Peter J. Kahrl, Leverkusen
Satz: Konkordia AG, Bühl/Baden
Druck: Proff & Co., Bad Honnef

1

Als wir Ulrike kennenlernten, war sie gerade sechzehn geworden.
Das sind jetzt gut anderthalb Jahre her. Manchmal denke ich über Ulrike nach, und ich weiß einfach nicht, wie das mit ihr weitergehen soll.
Neulich sagte sie mal: „Ich glaub', ich bin jetzt in einer Zeit, wo ich mich selber finde. Klaus hat gesagt, ich wüßte jetzt noch nicht, was ich wollte, das käme aber dann von selbst."
Kann sein, daß es so ist. Ich glaub' irgendwie nicht dran. Ich kann mir gar nicht vorstellen, daß Ulrike einmal mit jemandem verheiratet ist.
So vielleicht wie Borris und ich oder Heidi und Gert Mischke oder auch wie unsre Freunde Marlis und Peter — die leben einfach zusammen, nur so.
Ich möchte es mir gern vorstellen. Ulrike wünscht sich das im Grunde auch: einen zu haben, den man mag, mit dem man sich zankt, mit dem man sich versöhnt, der notfalls mal die ganze Nacht mit einem redet, weil es eben beiden unheimlich wichtig ist, daß man miteinander wieder ganz klarkommt.
Das wünscht sie sich; — schon — aber, wenn sie sich verliebt, dann ist es prompt der Verkehrte.
Ich weiß manches von Ulrike; vieles weiß ich nicht. Wenn ich von ihr spreche, dann stimmt das, was ich sage, nur so ungefähr. Es stimmt eben so, wie es immer stimmt, wenn einer über einen anderen was sagt.
Ulrike und ich sprechen auch selten über die ganz wichtigen Dinge. Es ist mehr so: Ulrike sagt zum Beispiel was ganz Unwichtiges.
„Ich hab' gestern großes Frühstück gemacht für alle Mann hoch, die Mädchen waren auch mit."

„Welche denn?“, frage ich, denn Ulrike kennt so viele Leute, daß ich nie ganz durchblicke, von wem sie grad erzählt.
„Die gegenüber zur Schule gehn, da kenn ich ein paar von.“
„Ach so.“
„War irre gut,“ sagt sie, und ich bin in ihrem Zimmer, kann den Qualm riechen, diesen Wahnsinnsqualm, mit dem sie ihre Lungen verpesten.
Ja, ja, ich hab' gut reden — Wahnsinnsqualm — schließlich rauche ich nicht mehr, seitdem ich mit unserem zweiten Baby schwanger bin.
Ich spaziere ein wenig in Ulrikes Zimmer zwischen den braunen und gelben Wänden.
Der runde Tisch vor dem Sofa ist noch voll. Teller, Tassen, Eierbecher, die leeren Eierschalen drin, Messer, Kaffeelöffel, Reste vom Wurstaufschnitt im Papier, die Kaffeekanne ohne Deckel — der liegt auch irgendwo im Durcheinander — eine halbleere Rotweinflasche, kein Korken drauf, klar; der Aschenbecher quillt über, ein halber Mülleimer ist das, Schokoladepapier mit drin und aller Krempel.
Das Tonbandgerät läuft: Ulrikes Lieblingsmusik mit lauter kleinen Tricks; Vogelgezwitscher, eine Orgel dazwischen, Schlagzeug, Windgebrause, ein Gehüpfe von Instrumenten.
„Den musikalischen Geschmack hab' ich von Klaus,“ sagt Ulrike.
Auf dem Sofa liegt das Bettzeug, denn Ulrike schläft auf dem Sofa und räumt es nie ab. Jedenfalls habe ich es noch nicht erlebt, daß sie abgeräumt hätte.
Ihre Freunde schieben einfach die Bettdecke zurück, setzen sich aufs zerknautschte Leintuch und benützen das Kopfkissen als Rücklehne. Wen stört's?
Ulrike sagt: „Wir haben alle Mann hoch gefrühstückt, irre gut!“
Dann heißt ‚irre gut' sehr viel: nicht allein sein, gerngehabt sein, ein bißchen bewundert werden von den anderen, weil sie Frühstück machen kann, wann sie will, und die anderen können nur ‚alle Mann hoch' einladen, wenn die Eltern es erlauben.

‚Irre gut' — das ist Musik hören, rauchen, irgendwas reden, „. . . auch mal von Problemen was," würde Ulrike sagen, „muß aber nicht sein".
Es ist schon ‚irre gut', wenn die anderen das fühlen, was man selber fühlt.
Wenn Ulrike lange nicht mehr bei uns war und kommt plötzlich über die Straße, und Davi und ich sind zufällig im selben Moment am Fenster, weil Davi unbedingt das Müllauto sehen muß; aber dann kommt Ulrike hinter dem Müllauto vor — enge Jeans, bunte Holzschlappen, Umhängtasche, die Haare strähnig wie immer. Sie winkt und lacht und wir lachen auch und winken und verstehn uns einfach so.
Anderthalb Jahre — diese Zeit hat Ulrike natürlich verändert.
Ob es besser gewesen wäre, Ulrike hätte es mit ihren Eltern ausgehalten? Das kann man eben hinterher nicht mehr sagen, was besser gewesen wäre. Jedenfalls hat sie es seither nie wieder geschafft, ihre Eltern zu besuchen. Einfach mal hinzugehn, sagen: „So bin ich geworden, was meint ihr?"
Vielleicht ist es so: wenn man zu Eltern zurückgehen kann, dann sind es richtige Eltern gewesen, solche, die einen mögen, auch wenn sie mal Wut auf einen haben.
Klar, alle Eltern leiden darunter, daß ihre Kinder nicht das bringen, was sie von ihnen erwarten. Meine eignen Eltern waren auch zeitweise sauer auf mich, das weiß ich noch gut, aber sie haben mich immer behalten und gerngehabt, auch wenn sie's nach außen hin nicht zeigen mochten.
Bei Ulrike ist alles anders gelaufen, ganz anders, von Anfang an. Man kann deshalb auch so schlecht sagen, was später hätte besser laufen können, als sie von zu Hause weg ist, und deshalb mache ich mir auch manchmal Gedanken, wie das Ganze weitergehen soll.

Damals, vor anderthalb Jahren, gab es einen Abend im April. Gar kein besonderer Abend. Einer von denen, die man gerne ausgenützt hätte. Ulrike war mit Marion verabredet. Marion, Verkäuferin in der Kosmetikabteilung, Ulrikes Freundin. Ulrike arbeitete damals in derselben Apotheke, aber als Helferin.

Am Nachmittag hatte Marion sie eingeladen: „Wir machen heute Fete bei uns. Kommst du? Kannst deinen Eltern sagen, daß es bei uns ist, dann lassen sie dich."

„Ich geh' zu Marion," sagte Ulrike an diesem Abend. Sie hatte Haare gewaschen, hatte die grüne Hose mit den Aufschlägen an und den weißen Pulli.

„Wohin gehst du?"

„Zu Marion, ich bin eingeladen."

„Edi!" rief Ulrikes Mutter, „Edi! Hast du ihr das erlaubt?"

„Was denn?" Eduard Moll in der Tür, die WAZ in der Rechten, Linke in der Hosentasche, Hausschlappen, das Hemd am Hals offen. — „Was denn?"

„Ob du ihr erlaubt hast, daß sie weggeht."

„Ich? Nö!" Edi Moll latschte zum Fernseher zurück.

„Dein Vater hat es auch nicht erlaubt. Du bleibst also und Schluß."

„Wieso denn?" Ulrike war blaß. Sie sah ihre Mutter an und dachte, daß diese Frau gar nicht ihre Mutter sei. ‚Ihr habt mir nichts zu sagen, nichts, gar nichts,' dachte Ulrike. ‚Ihr habt mir immer alles verboten. Alles, was Spaß gemacht hätte — den Spielplatz gegenüber — als ich klein war — warum durfte ich nur vormittags zwei Stunden hin? hmm? warum? kein Grund. Nur, damit ihr was zu bestimmen hattet. Nachmittags waren die anderen Kinder da, aber ich mußte mit meiner Mutter spazierengehn. Mit meiner Mutter! — Aber das kann man euch ja nicht sagen. Man kann euch überhaupt nichts sagen. Ihr werdet bloß verrückt und tobt rum.'

Ulrike sah ihre Mutter an.

„Wieso darf ich denn nicht? Das ist doch bei Marion zu Hause. Du kannst ihre Eltern anrufen, ihr könnt mich abholen. Ich möchte bloß wissen, warum ich nicht hin darf."

„Das überlaß uns, ja?" sagte Frau Moll. Sie drehte sich weg und rieb mit dem karierten Tuch die Spüle, bis sie glänzte.

Ulrike stand an der Tür. Sie bewegte sich nicht.
Frau Moll hängte das karierte Tuch über den Heizkörper unterm Fenster und zog es glatt.
Ulrike sah ihr zu.
Frau Moll rückte den blauen Küchenstuhl am Tischende zurecht. „Ja und? Was wartest du noch? Geh' in dein Zimmer oder setz dich zu Vati, aber steht hier nicht rum!"
Ulrike sah ihre Mutter an.
„Geh in dein Zimmer, hab ich gesagt."
„Ich geh' nicht", sagte Ulrike sehr langsam.
„Jetzt mach aber mal'n Punkt, ja?" Bei ‚Ja' kippte Frau Molls Stimme fast über.
Ulrike war sehr blaß. Sie blieb aber stehn.
Vater Edi riß die Tür zwischen Küche und Wohnzimmer auf.
„Was ist denn los? Kann man nicht mal in Ruhe Nachrichten sehn?"
„Sie will nicht in ihr Zimmer. Sie weigert sich. Sie ist stur und verbockt und undankbar." Frau Moll hob die Hand, während sie sprach.
„Los, in dein Zimmer," sagte Vater Edi.
Ulrike blieb stehn.
„Da siehst du's selber, sie ist stur und verbockt. Sie gehorcht einfach nicht. Sie tut alles, um uns zu ärgern."
Edi Moll machte einen Schritt auf Ulrike zu. Er holte aus und schlug sie.
„Nicht, Edi, laß doch," Inga war mit einem Satz zwischen den beiden, aber Eduard drängte sie weg.
„Du tust, was ich sage, verstanden?"
Ulrike hob das Gesicht. Ihre runden grünen Augen waren naß. Natürlich heulte sie. Ihre Backe brannte; das kam erst jetzt. Ulrike spürte einen maßlosen Haß gegen ihre Mutter.
„Du alte Hexe! Du stachelst Vati auf und dann sagst du: ‚laß' und ‚nicht'.
Ulrike drückte die Küchentür auf, war im Flur und dann in ihrem Zimmer. Sie warf sich auf die Bettcouch, nahm den hellbraunen, flauschigen Hund Wummi in die Arme und heulte erst mal in Wummis Schlappohren rein.

„Die sind so unmöglich, Wummi, das glaubst du gar nicht."
Wummi hatte zugenähte Augen, er schlief in Ulrikes Armen und ließ sich sein Fell naßheulen.
„Als ich fünf war, haben sie mich aus dem Heim geholt. Ich möchte bloß wissen, wozu. Ich wollte schon Eltern haben, aber nicht solche wie die. Richtige Eltern. Weißt du, Wummi, da war ein Koch im Heim, bei dem war ich Liebling. Wenn ich mal wegwitschen konnte, war ich bei dem in der Küche. Der hat mich auch mal gestreichelt und was auslecken lassen und so. Den als Vater" — Ulrike schluchzte sie schüttelte sich vor lauter Heulen.
Dann wischte sie sich mit Wummis Schlappohren die Tränen aus den Augen. Sie legte Wummi weg und stand auf.
Die Zigaretten lagen ganz hinten in der Schreibtischlade. Bei offenem Fenster konnte sie schon mal rauchen. Das merkten die nicht. Die rauchten ja selber. Bloß, wenn's in Ulrikes Zimmer zu stark roch, wurden sie mißtrauisch.
Ulrike rauchte am Fenster. Sie horchte ab und zu, aber es kam keiner.
Damals, als sie mich geholt hatten, — da ging das gleich los. Am ersten Mai, das weiß ich noch genau, da sollte ich Kartoffelsalat essen. Wir waren draußen im Bönninghardt, mit'm Auto rausgefahren.
Ulrike — fünfjährig — hatte also Eltern bekommen.
„Komm, Ulrike, jetzt laufen wir ganz weit in den Wald hinein" und: „Gib mir schön die Hand!"
Sie gingen eine lange Waldschneise entlang, Ulrike war sehr dünn und winzig und mußte die ganze Strecke laufen, damit sie Schritt halten konnte. Vater Edi trug die Kühltasche mit dem Mittagessen und die Wolldecke.
Hinter einem großen Stapel Holz machten sie endlich Rast. Der neue Vater breitete die Wolldecke aus. Die Mutter öffnete die Tasche, füllte Kartoffelsalat aus einem Einmachglas in drei blaue Plastikschalen, legte für jeden ein Würstchen oben drüber.
Ulrike aß das Würstchen und stellte ihre Schale ins Gras neben die Decke.

„Iß auf, Ulrike," sagte die neue Mutter. Ihr Mund hatte strenge Falten außenrum, auch wenn er lächelte.
„Hmhm" — Ulrike schüttelte den Kopf.
„Hör mal," sagte die neue Mutter, „das gibt es nicht, bei uns wird gegessen, was auf den Tisch kommt!
Ulrike saß auf der Wolldecke und schubste die blaue Plastikschüssel mit dem Fuß.
„Iß!"
„Du ißt jetzt sofort den Kartoffelsalat oder es setzt was!"
Ulrike aß nicht. Auch nicht, als ihr neuer Vater sie übers Knie legte.
Es blieb so. Es wurde nie wirklich gut. Man durfte nie spielen, wann man wollte, sich nicht schmutzig machen, keine Widerworte geben — und jetzt, jetzt darf man nicht mal zu Marion.'
Ulrike warf den Zigarettenstummel aus dem Fenster. Sie warf sich auf ihre Bettcouch und heulte. Natürlich kam kein Mensch, um sie zu trösten. Es waren überhaupt alle gegen sie. Auch in der Apotheke.

„Nee, du, ich kann nicht," sagte Ulrike und sah über die Schulter. „Der Chef kommt — ist noch mal vorbei — ich muß aber kurz machen. Du, die lassen mich bestimmt wieder nicht."
„Und wenn du einfach rausgehst? Die sitzen doch vorm Fernsehn, da merken sie doch nichts. Meine Leute merken auch nie, wann ich gehe und so."
„Merken die nicht?"
„Nee, und heute abend, das wird große Klasse. Erste Gartenparty in diesem Jahr und auch noch bei Wengerts. Die lassen einen immer völlig in Ruhe, versuch's doch!"
„Du, tschüß," sagte Ulrike und legte schnell den Hörer auf. Der Grabert. Er hatte es aber doch bemerkt.
„Fräulein Moll, Sie wissen ja, ich schätze es nicht, wenn während der Arbeitszeit telefoniert wird."
„Ich wollte nur," sagte Ulrike, „ich wollte nur was bestellen. Für meine Mutter was, und weil —"

„Schon gut, gehn Sie jetzt an Ihre Arbeit!“
Es gab aber nichts zu tun. In so einer Apotheke gibt es manchmal Leerlauf. Leider mochte Herr Grabert nicht, daß man den Leerlauf sah. Seine Angestellten sollten dann wenigstens so tun, als hätten sie was zu tun.
Ulrike tat also als ob und stellte sich an die Regale, in denen Reklameproben von Medikamenten aufbewahrt wurden. Sie schichtete die Päckchen um.
Apothekenanlernhelferin — irres Wort für einen Beruf. Examen in zwei Monaten.
„Was machen Sie denn da, Fräulein Moll?“ — das war die Vorexaminierte, die Bause. Die hatte auch immer was zu sagen. „Einräumen und sortieren,“ sagte Ulrike, „muß auch mal sein.“ „Muß? — Spülen Sie doch zuerst die Sachen in der Rezeptur, das haben Sie immer noch nicht gemacht, obwohl ich es Ihnen schon vorhin sagte.“
„Ja, ist gut.“ Ulrike schob sich langsam zwischen den Regalen durch, sie hatte die Hände in den Taschen des weißen Kittels vergraben.
Die Rezeptur — ein schmaler, fensterloser Raum. Ein langes weißbeschichtetes Brett und ein Waschbecken, sonst war nichts drin. Auf dem Brett standen Porzellanschalen, Reagenzgläser, Krümel von — Ulrike roch daran — Kräutertee. Also gut. Saubermachen.
Aber erst brauch' ich eine.
In die Rezeptur kam normalerweise niemand um diese Zeit.

„Höchstens mal die Bause, die schaut schon mal, wenn ich in der Rezeptur was mache,“ sagte Ulrike zu Marion und hielt ihre Zigarette an die blaue Gasflamme von Marions Feuerzeug.
„Sagt die nichts, wenn du rauchst?“
„Doch, aber nicht viel. — ‚Machen Sie die Zigarette aus.' Der Grabert meckert schlimmer.“
Im Eduscho-Stehcafé war es rappelvoll. Das war es um halb sechs immer. Marion und Ulrike trafen sich täglich um halb sechs im Eduscho. Das gehörte einfach dazu.

„Wenn du Jan kennenlernen willst, ist das die Chance heute! Neulich bei uns war der auch da, aber da haben dich deine Alten ja nicht gelassen. Tschö, ich muß los."
Marion stellte ihre Tasse zurück. „Versuch's."
„Mach' ich. Aber ob das mit dem Jan was gibt?"
„Wird schon, tschüß!"
„Tschüß," sagte Thomas, Marions Freund. Er legte den Arm um Marions Schultern. Dann schoben sie einander durch das Gedränge und den Qualm.
‚Ich mit Jan — ' dachte Ulrike. Sie rauchte ihre Zigarette zu Ende, drückte den Stummel im Aschenbecher aus, trank den Rest des kaltgewordenen Kaffees.
— Jans Stimme macht mich ganz kribblig.
Ulrike stieg die Holztreppe hoch. Molls wohnten im dritten Stock in einem der wenigen alten Häuser in Friemersheim.

2

„Tag!" Ulrike machte die Glastür zu. Die hatte milchige Scheiben, Blumen und Ranken — wie Eisblumen — drauf.
Ulrike legte ihre Umhängetasche auf das Garderobetischchen, sah sich im ovalen Spiegel und schob die Haare an den Schläfen ein wenig hoch.
Die Küchentür war offen. Inga Moll, in weißer Schürze, tat etwas an der Spüle, am Herd, am Eßtisch, von der Spüle zum Herd, zum Eßtisch, zum Hängeschrank — jedenfalls in der Küche. Abendessen. Jeden Abend machte sie das, wenn Ulrike ihre Tasche im Flur ablegte.
„War was?" fragte Inga, und das fragte sie auch jeden Abend. „Nö," sagte Ulrike, „Betrieb eben, wie immer." Sie lehnte sich mit dem Po gegen die Spüle und sah ihrer Mutter zu.
„Mach mal, ich muß hier dran."
Ulrike ließ sich zur Seite schieben.
„Wie ist das mit Händewaschen? Du könntest mir dann beim Tischdecken helfen."
„Bin doch erst grad gekommen, ich brauch' auch mal Pause," sagte Ulrike und ließ die Arme verschränkt.
„Gibst du schon wieder freche Antworten?"
Das lief jeden Abend so ähnlich ab. Wegen dem Ausgehen fragte Ulrike gar nicht erst. Sie ging gleich in ihr Zimmer. Im Wohnzimmer nebenan begann der Krimi. — Schüsse — eine Polizeisirene, Musik, die eine gefährliche Situation malte.
Der Rauch von den Zigaretten ihrer Eltern zog durch Türritzen und Schlüsselloch in den Flur.
Ulrike war an ihrer Zimmertür. Sie drückte die Klinke. Hoffentlich klappte es.
Ulrike war schon im Flur, wollte gerade ihre Umhängetasche nehmen — da machte Inga Licht im Flur.

„Was schleichst du denn hier im Dunkeln rum?"
„Ich muß auf die Toilette, darf ich das nicht?"
„Dann mach doch Licht, was sind'n das für neue Sitten — im Dunkeln rumschleichen —"
Ulrike machte die Toilettentür hinter sich zu, wartete einen Augenblick, ließ dann die Wasserspülung rauschen und öffnete die Tür.
Ihre Mutter war nicht mehr im Flur. Die Krimi-Musik aus dem Wohnzimmer verkündete eine neue Gewalttat; Ulrike war schon durch die Glastür, zog sie — langsam, ganz, ganz langsam — wenn die das hören, ist es aus — sie hörten aber nichts und Ulrike hatte die Tür zu, noch das Treppenhaus — die untere Haustür war nicht mehr so wichtig.
Draußen. Ein schwüler Abend. Erst der dritte Mai und schon so stickig schwül.
Fünf nach halb neun kam der Bus. Sie fuhr bis zur Krefelder Straße, stieg aus und rannte den Schotterweg zwischen den Schrebergärten entlang.
Wengerts Garten. Der vorletzte links. Man hörte die Musik schon ein paar hundert Meter vorher. Eine Kette bunter Glühbirnen hing zwischen den Apfelbäumen.
„Tag, Leute," sagte Ulrike und hielt mit der linken Hand den Riemen ihrer Umhängetasche fest.
„Ach, kommst du doch noch, klasse, du," sagte Ute Wengert, „Hol dir doch gleich ein Würstchen."
„Dufte Stimmung hier."
Auf der Terrasse vor dem Gartenhäuschen tanzten Marion und Thomas. Und Jan. Jan mit einem blonden Mädchen, — die kenn' ich nicht — dachte Ulrike.
„Du findest dich zurecht, ja?" sagte Ute.
„Ja, danke, ich brauch' erst mal 'ne Zigarette. Ich bin nämlich abgehaun zuhause, meine Alten lassen mich nicht raus."
Ulrike setzte sich auf die warme Steintreppe vor dem Gartenhaus.
Der Grill stand unter den Bäumen, ein Kasten Bier und Gläser auf dem weißgestrichenen Holztisch daneben.

Partyteller aus Pappe, bunte Servietten, Plattenspieler und Lautsprecher im Gartenhaus, ganz dicht am Fenster. „Ist sonst zu laut," sagte Utes Freund Manfred und setzte sich neben Ulrike.
„Wer kann denn hier Ärger machen?"
„Die, in den Blocks drüben," sagte Manfred. Ute hockte sich zwischen Manfreds Beine.
„Gib mir auch eine."
Sie rauchten.
Ulrike fühlte, wie ihre Hände warm wurden. Bis jetzt hatte sie eiskalte Hände gehabt, und es war doch schwül und stickig heute abend.
„Die ist einfach so weg, denk mal," sagte Ute zu Manfred.
„Wie? So weg?"
„Abgehaun, erzähl mal; Wieso darfst du nicht raus?"
„Weiß ich auch nicht. Mein Vater will's nicht und meine Mutter sagt, sie kann da nichts gegen machen."
„Das glaub' ich nicht," sagte Ute, „wenn mein Alter was nicht erlaubt, sag' ich's meiner Mutter, die kriegt das immer hin."
„Meine nicht," sagte Ulrike.
„Und wenn die merken, daß du raus bist?"
„Och," sagte Ulrike, „glaub' ich nicht. Die kommen abends nie in mein Zimmer."
Nie, und wenn sie ausgerechnet heute doch nachschauen kamen? Ein mulmiges Gefühl — mir wird ganz schlecht beim bloßen Gedanken, sie könnten doch. . .
„Na, dann schaun sie heute bestimmt auch nicht, fühl' dich wohl!"
Manfred legte den Arm um Utes Hals, zog ihren Kopf ein wenig nach hinten, beugte sich über sie und küßte ihren Mund. Ulrike sah weg.
Da tanzte Jan immer noch mit dem blonden Mädchen, das sie nicht kannte.
„Wer is'n das?"
Manfred hatte aufgehört, Ute zu küssen.
„Die?" Ute rauchte ihre Zigarette weiter. „Die heißt Bri-

gitte, glaub' ich. Jan hat sie mitgebracht. Die gehn zusammen."

„Ach so," sagte Ulrike. — Jan also nicht. Jan sieht gut aus. Ich nicht. Der merkt gar nicht, daß ich da bin. Mein Po ist zu dick, mein Busen ist zu dick. Meine Haare hängen immer unheimlich schnell rum.

„Ich hol mir ein Würstchen," sagte Ulrike zu Manfred und Ute.

Am Gartengrill stand ein Junge in Jeans. Ulrike kannte ihn nicht. Er war nicht besonders groß. Ungefähr so wie sie. Kräftig, aschblonde, ungekämmte Haare bis auf die Schultern. Er drehte die Würstchen um, die auf dem Grillrost lagen.

„Tag," sagte Ulrike, „kann ich was haben?"

„Bier oder Würstchen?"

„Beides."

Der Junge holte ein Brötchen aus dem Weidenkorb, schnitt es auf, legte eines von den gegrillten Würstchen rein. „Senf auch?"

„Bißchen," Ulrike hielt ihm den Pappteller mit dem Blumenrand hin. „Ich heiße übrigens Ulrike, wie heißt'n du?"

„Renz."

„Bis du hier der Barkeeper?"

„So ähnlich," sagte Renz, öffnete die Bierflasche und füllte Ulrikes Glas. Dann hockte er sich neben den Grill und trank den Rest Bier aus der Flasche.

„Was machst'n du so?" fragte Ulrike und biß in das Brötchen, das Renz für sie gemacht hatte.

„Hütte."

„Ich bin bei Grabert."

Es donnerte. Die schwere Luft zog sich zu einem Gewitter zusammen. Erste dicke Tropfen fielen in die Bäume.

„Schnell, alles rein ins Gartenhaus!"

Ute und Manfred schleppten den Grill auf die Terrasse, damit er unterm Vordach stand. Marion und Thomas, die blonde Brigitte, Jan und Renz liefen zwischen Gartenhaus und Rasen hin und her, trugen Gläser, Flaschen, Papier-

teller, Besteck ins Häuschen. Inzwischen regnete es heftig. Blitze und Donner dicht nacheinander.
Es war eng im Gartenhäuschen. — Vier Pärchen. Für Ulrike blieb Renz. Thomas mit Marion im Arm, Zigaretten, Bier auf dem Fußboden — es gab nur zwei Stühle, dafür eine alte Couch; die Sprungfedern waren ausgeleiert und drückten durch Seegras und Stoffbezug. Machte ja nichts. Man saß eng nebeneinander drauf. Ulrike und Renz, Jan und Brigitte. Ute und Manfred versuchten, die Petroleumlampe anzumachen. Jan ganz nahe. Er saß zwischen Ulrike und Brigitte, aber er bemerkte Ulrike nicht.
Dafür legte Renz seinen Arm fest um ihre Schultern. Renz hatte kurze dicke Finger und breite Hände.
Jan küßte Brigitte und wenn er sich bewegte, berührte er Ulrike.
„Wie spät ist es denn?“ fragte Marion. Thomas sah auf die Uhr und sagte: „Viertel nach zehn.“
Ulrike sprang auf. — Viertel nach zehn! Sie stieß gegen Jans Beine. Jan ließ Brigitte los und schaute Ulrike an.
„Was ist denn? Paß doch auf!“
„Entschuldige,“ sagte Ulrike, „ich muß nämlich dringend los. Ich krieg sowieso den Bus nicht mehr. Was mach ich'n jetzt?“
„Mach keine Panik, Mädchen,“ sagte Jan, „deine Alten werden dich schon nicht gleich fressen.“
„Fressen nicht,“ sagte Ute, „aber Terror machen sie bestimmt, falls sie's gemerkt haben. Tust mir echt leid.“
„Komm,“ sagte Renz und schob Ulrike zur Tür, „ich fahr dich. Meine Maschine ist draußen.“
Die Maschine war eine Honda. Ulrike hatte noch nie auf sowas gesessen.
Und dann in die Wohnung reinkommen. — Reinkommen, ohne daß die was merken. Kurz vor halb elf ist der Krimi im Fernsehen aus.
„Tschüß, Renz, danke.“
„Grabert, das ist die Apotheke, nö? Hol' dich mal ab, was?“

„Kannste machen, tschüß, ich muß sehn, wie ich da reinkomme."

Renz drehte das Gas voll auf. Wahnsinnskrach! Die Straße war still gewesen. Das hören die bestimmt!

Den Schlüssel ins Loch kriegen. Warum zittern bloß meine dämlichen Hände so irre? Tür auf und rein. Jetzt darf um alles keiner durchs Treppenhaus kommen und mich sehn. Verdammt, die Stufen! Ist mir früher nicht aufgefallen, daß sie so knarren. Im Treppenhaus begegnete ihr keiner.

An der Wohnungstür das Schlüsselloch finden. . ." Nur keine Panik, Mädchen." Das einzige, was Jan heute abend zu mir gesagt hat. Also ganz ruhig, Ulrike. Mit der linken Hand tastete Ulrike die Tür rund um das Schlüsselloch ab.

Da — vorsichtig mit dem Schlüssel, leise, leise umdrehn. Und jetzt rein.

„Aha!" sagte Edi Moll. Er stand im dunklen Flur hinter der Glastür. Er machte Licht. Edi Moll im Schlafanzug.

„Aha! hab' ich doch richtig gehört." Einmal rechts einmal links. „Was erlaubst du dir eigentlich? Heimlich abhaun, was? Und mit so einem Kerl, so einem Langhaarigen? Aber nicht bei mir, Mädchen, nicht bei mir! Nicht, solang du die Füße unter meinem Tisch hast."

Ulrike hatte den Kopf eingezogen. Ihre Backen brannten noch von den Ohrfeigen, aber jetzt war alles egal. Vater Edi ist halb so schlimm wie Jan. Ulrike preßte ihr Kinn gegen das Brustbein, sie legte den Arm über die Augen und heulte in die Mäntel hinein, die in der Garderobe hingen.

„Heul' du nur. Man weiß ja, was deine Mutter für eine war," sagte Inga Moll. Sie stand im Bademantel in der Schlafzimmertür, barfuß war sie auch. „Ich habe geglaubt, ich erziehe dich zu einem anständigen Menschen, ich habe alles dafür getan, ich hab's im guten versucht und im bösen. Nichts hat es genützt, gar nichts. Komm, Edi, laß sie. Wir werden Schritte einleiten. Du kommst schon noch in ein Arbeitshaus, das sag' ich dir!"

Das ärgerte Ulrike. Das mit dem Arbeitshaus hätte nicht kommen dürfen. Ulrike riß sich aus den Mänteln.

„Ha!“ schrie sie. „Ihr spinnt beide! Arbeitshäuser gibts gar nicht mehr!“
„Ich schlag dich zusammen, du, du Hurentochter!“
„Laß sie, Edi,“ sagte Inga, „laß, Vater, sie wird morgen mit uns zum Jugendamt gehn. Wir lösen die Adoption, dann schicken die sie von selber in ein Arbeitshaus.“
Ulrike warf sich auf ihr Bett. Sie zog sich gar nicht erst aus. Sie schlug nur immer wieder mit den Fäusten gegen die Matratze und weinte.
Dann rauchte sie eine Zigarette. Bei weit offnem Fenster, klar, und weit rausgelehnt.
Arbeitshaus! Das gab's mal anno Tobak siebzehn achtzehn! Sollen die ruhig mit mir zum Jugendamt gehn. Da kriegen die was zu hören!

3

„Bitte, kommen Sie," sagte Frau Schwarzbach, sie lächelte und hatte schwarze Haare und schwarze Augen und war höchstens dreißig.
Inga Moll legte den Riemen ihrer Handtasche über den Arm. Inga Moll hatte das gute dunkelblaue Kostüm an. Sie ging durch die Tür wie ein Feldwebel; wie so ein alter Feldwebel mit Atombusen, dachte Ulrike, und Frau Schwarzbach hatte dunkle Augen, die lächelten.
Ulrike im Kostüm, den Rock bis fast zum Knie. Nicht Midi und nicht Mini, ihre Mutter nähte alles selber: Du kannst unmöglich kürzer gehn, mit den Beinen! Und außerdem schickt es sich nicht. Du gehst so und damit basta.
Eduard als letzter — weißes Hemd, Schlips — irgendwie tut mir mein Vater leid, — dachte Ulrike — als er sich setzte und den Hut in der Hand hielt, den Hut drehte, so mit seinen dicken brutalen Fingern, und der Bauch hing über die Hose, sein Bier- und Fernsehbauch im weißen Hemd. Das gute nadelgestreifte Jacket — beim Jugendamt müsse man einen korrekten Eindruck machen, hatte Inga gemeint.
„Sie wollten mich sprechen?"
„Ja, wir," sagte Inga, „red schon, Edi, sag dem Fräulein, was sie macht."
„Unsere Tochter," sagte Eduard Moll, und er sah Ulrike nicht an, obwohl sie ihm gegenübersaß, „unsere Tochter — darf ich rauchen?" Er legte den Hut auf das runde Tischchen. Inga machte eine Bewegung, als wolle sie ihn anstoßen, aber er hatte schon die Zigarettenpackung aus der Jackentasche.
„Ja, ihre Tochter? — Danke, ich rauche nicht."
„Ich rauche auch nicht, es ist so ungesund und schädlich," sagte Inga.

Du falsche Ziege, dachte Ulrike.
„Unsere Tochter ist ja adoptiert, das wissen Sie vielleicht nicht, weil Sie hier neu sind," sagte Inga.
„Ich weiß es, ich habe die Akten eingesehen, nachdem Sie angerufen hatten. Sie haben Ulrike adoptiert, als sie fünf Jahre alt war."
„Wir haben sie erwischt, als sie wiederkam," platzte Eduard. Er platzte einfach. „Wir haben sie erwischt, und sie hatte keinen — sie durfte nicht raus. Ich hatte es ausdrücklich verboten."
„Wissen Sie," sagte Inga dazwischen, „ich gehe ja sonst abends nie in das Zimmer meiner Tochter, aber gestern wollte ich mal nachsehn, ob das Fenster zu war, wegen dem fürchterlichen Gewitter; wenn sie schläft, denke ich, merkt sie es nicht und es regnet rein. Geh' ich also in ihr Zimmer, wollte gar kein Licht machen, aber dann stutze ich: nanu? denk' ich, da ist ja gar kein Bettzeug draußen auf der Liege — wissen Sie, meine Tochter hat eine Umbauliege, ist a so praktisch für ein Jugendzimmer, haben wir für sie angeschafft, ist ja zwar nicht ganz billig, aber —"
„Ich verstehe schon, Frau Moll, Sie merkten, daß Ulrike nicht im Bett lag."
„Ja, das merkte ich. ‚Ulrike?' sage ich — aber sie gibt keine Antwort; da mache ich denn doch Licht und das Zimmer ist leer. Rufe ich gleich meinen Mann. Ich sage: Ulrike ist nicht in ihrem Zimmer, hör mal Edi — ich sag' Edi zu meinem Mann, — ist Ulrike nicht da? In ihrem Zimmer ist sie nicht, wissen Sie, mein Mann hält schon mal zu meiner Tochter und läßt ihr was durch. Sag' ich: hast du ihr erlaubt, daß sie rausgeht?' — ‚Nöö,' sagt mein Mann, ‚nöö, hab ich ihr nicht erlaubt. Sie muß da sein.' — ‚Ist sie aber nicht, schau selber nach,' sag' ich. Sie können sich denken, Fräulein, wie uns zumute war."
„Sie ist doch verheiratet," sagte Eduard leise und stieß seine Frau mit dem Ellbogen an.
„Sie haben recht," sagte Frau Schwarzbach, „ich bin verheiratet. Einen Sohn habe ich auch," sie lächelte, „aber sag

mal, Ulrike, wie alt bist du eigentlich? Ich hab's nicht mehr genau. . ."
„Sechzehn — seit Februar," sagte Ulrike.
„Ja, richtig, sechzehn. Und wie lange darfst du so normalerweise abends raus?"
„Also, das erlauben wir ja grundsätzlich nicht, wissen Sie," sagte Inga Moll, „bei einem solchen Mädchen darf man auch nichts in dieser Richtung erlauben. Bei Tag, ja, und wenn sie mal einen Freund zum Kaffee mit nach Hause bringt, — nichts dagegen — da bin ich die letzte, die was einzuwenden hat, ehrlich, Fräulein, aber alles muß seine Ordnung haben, nach acht Uhr hat sie nichts mehr auf der Straße verloren."
„Aber, Frau Moll," sagte Frau Schwarzbach, „ist das nicht doch ein bißchen übertrieben? Ulrike ist sechzehn, bis zehn Uhr könnten Sie ihr doch freie Zeit lassen, jedenfalls, wenn Sie wissen, wo sie ist."
Ulrike wollte sagen: ‚Seht ihr, zu Marions Party hättet ihr mich ruhig lassen können,' aber sie hatte Angst, ihre Stimme könnte zittern. Sie schwieg lieber.
Inga Moll schwieg nicht: „Also, da bin ich anderer Meinung," sagte sie und stemmte ihre Handtasche auf die Schenkel.
„Die Frau Schwarzbach hat doch recht, bis zehn Uhr könnten wir das Kind rauslassen," sagte Vater Moll, „vorausgesetzt, daß wir wissen, wo sie ist."
„Glaubst du, die sagt die Wahrheit? Sie lügt uns nämlich buchstäblich an, Fräulen Schwarzbach."
„Frau Schwarzbach, sie ist doch eine Frau Schwarzbach, Mutti," sagte Ulrike leise.
Inga Moll überhörte das und Frau Schwarzbach lächelte Ulrike zu und machte eine Mundbewegung — unwichtig, soll sie sagen, wie sie will, nicht wahr, Ulrike?
Inga Moll sagte: „Wir haben sie verschiedentlich ertappt. Sie hat schon so und so oft behauptet, im Geschäft sind Überstunden gewesen, dabei war sie nach Schluß in der Apotheke, sie arbeitet in der Apotheke bei. . ."
„Weiß ich, Frau Moll."

„Ja, und in Wirklichkeit ging sie erst noch mit ihren Freunden ins Café."
„Mit Marion, Mutti, ich war immer nur mit Marion weg, und Marions Freund holt sie dann meistens ab, und zweimal sind wir dann noch zu dritt ganz kurz in der Disco ins Jugendheim, aber nur ganz kurz, die haben ab sieben Disco bis zehn und ich war immer noch vor halb neun zu Hause."
„Warst du, aber wenn wir dich gefragt haben, wo du warst, hieß es, ‚im Geschäft, ich mußte noch dies und das.' Stimmt doch, Edi? Belogen hat sie uns; bis ich mal bei ihrem Chef angerufen hab. Der sagte dann: ‚Ulrike ist nie nach halb sieben fertig und zweimal die Woche sogar früher.' Da war's raus und sie mußte gestehen."
„Frau — äh — Moll," sagte Frau Schwarzbach und lächelte nicht mehr, „können Sie sich denn gar nicht in Ulrikes Lage versetzen? Wenn Ulrike praktisch nie Gelegenheit hat, mit ihren Freunden zusammen zu sein, mal eine Tasse Kaffee zu trinken, mit Gleichaltrigen zu reden, dann wird sie sich dieses Bedürfnis einfach erfüllen, ohne zu fragen. Sie sind die Erwachsenen. Sie haben mehr Einsicht als ein Mädchen von sechzehn. Sie sollten versuchen, Ihrer Adoptivtochter ein klein wenig mehr Freiheit zu lassen."
„Also, das muß man sich als Mutter sagen lassen! Alles haben wir geopfert für das Kind. Alles. Sie darf uns belügen, darf störrisch sein und bockig, und wir müssen uns sagen lassen, daß wir sie nicht verstehn. Sie sind selbst noch jung, Fräulein Schwarzbach, Sie haben keine Kinder. Sie können unsere Lage nicht verstehen." Inga Moll war aufgestanden, steuerte die Tür an, die Handtasche vor dem Bauch.
Edi Moll nahm seinen Hut, winkte Ulrike mit dem Kopf zu. Ulrike schaute Frau Schwarzbach an, bekam ein Lächeln, ein kleines Schulterzucken — was soll ich machen? Ich hab doch alles versucht. Ich halte jedenfalls zu dir, ja? — Dann waren die Molls im Flur. Blanker grauer Kunststoffboden den ganzen langen Gang, am Ende die Treppe.

4

Vor dem Eingang der Grabert-Apotheke wartete Renz. Ulrike sah ihn durch die Schaufensterscheiben. Er saß auf seiner Honda, einen Fuß auf dem Pedal, den anderen auf dem Gehsteig; mit den kurzen dicken Fingern drehte er die roten Kunststoffgriffe am Lenker. Ab und zu schob er den Riemen seines Sturzhelms die blanke Lenkstange entlang, als wolle er genau die Stelle finden, an der der Helm richtig hing, der hing aber doch längst richtig. Ulrike beobachtete Renz.
„Nichts zu tun, Fräulein Moll?" — Herr Grabert, schon wieder Herr Grabert. Immer ging er gerade dann an einem vorbei, wenn man mal zufällig durch die Fensterscheibe auf die Straße sah. Was da Schlimmes dran war! Mein Gott, der hatte sich wieder. War doch sowieso gleich Schluß.
„Tag!" Ulrike gab Renz die Hand. „Schon lange gewartet?" (Ich hab' dich beobachtet, zehn Minuten hast du gewartet, aber das sag' ich dir natürlich nicht.)
„Gleich nach Hause?"
„Erst zu Eduscho, ich treff' Marlon dort. Du bist nie im Eduscho?"
„Nee," sagte Renz, „Kaffee ist nichts für mich. Bier eher."
„Kann ich mir nicht leisten, merken meine Alten."
O.K. Renz machte nur so eine Bewegung mit dem Kopf, — aufsteigen!
„Stumm, wie?" sagte Ulrike und lachte, stieg auf den Rücksitz der Honda.
Aha, durch die Schaufensterscheiben der Grabert-Apotheke spinxten Grabert und Bause. Da standen sie, Hände in den Taschen ihrer weißen Mäntel. Laßt sie doch rausfallen, eure Glotzaugen, kann euch doch egal sein, wer mich abholt!
„Ich bin oben, fahr ab." sagte Ulrike und legte ihren rechten Arm um Renz.

Marion war noch nicht da. Im Eduscho rappelvoll wie immer kurz vor sechs.
Ulrike holte Kaffee, Milch und Löffelchen an der Theke. Renz hielt seinen Motorradhelm am Riemen. „Zucker?"
„Hmm," ... "Viel?" Renz nickte. Ulrike schüttelte Zucker aus dem Chromschnabel des Zuckerglases. — „Reicht?" Renz nickte, legte den Helm neben die Kaffeetasse, rührte um und trank. Während er trank, sah er Ulrike an. Seine hellblauen Augen — ach, Renz, das gibt nichts, ich finde dich nett, ja, nett und lieb schon, aber das gibt nichts. Mein Typ ist Jan ... Jan Henders.
Und dann wie immer: Marion; eine Tasse Kaffee, eine Zigarette. „Sag' mal, Renz, wie viele Kinder seid ihr denn zu Hause? Ich glaub', ich kenn einen Bruder von dir."
„Fünf," sagte Renz, „einer ist älter als ich, eine Schwester auch."
„Heißt er Udo?"
„Der älteste, ja, Rita heißt meine Schwester."
„Ja," sagte Marion, „die war mit mir in der Schule, aber in der Grundschule, darum kenn ich die, und den Udo, den hab ich mal in der Disco kennengelernt."
Thomas kommt.
„Tag Leute, na, Renz, was sehe ich, Feuer gefangen, wa?"
„Thomas, du bist taktlos, Mann," sagte Marion.
Ulrike lachte und ließ einen Blick zu Renz, so einen, den Renz ganz innen spüren sollte.
„Na, hab' ich eben doch recht," sagte Thomas und zog Marions Kopf zu sich, „bin ich eben taktlos."
Dann rauchten aller vier und Renz rauchte Camel ohne Filter und stand breitbeinig in seinen graublauen Jeans und legte die Arme immer wieder auf das Tischchen und schob seinen Motorradhelm hin und her.
„Gehn wir," sagte Ulrike und nahm ihre Tasche. „Tschüß denn, bis morgen."
Vor der Haustür sagte Renz: „Um acht. Ich hol' dich."
„Nee, laß mal, hat keinen Sinn," sagte Ulrike, „Ich darf bestimmt nicht."

„Warte ich eben in der Disco und du kommst da hin, wenn du kannst?"
Renz drehte am Gasgriff und startete.

„Glaub' ja nicht, wir wüßten es nicht," sagte Inga.
„Durch die Gardine gespinxt, was?" Ulrike legte ihre Tasche auf das Garderobeschränkchen.
„Werd' ruhig frech. Hast ja auch noch Unterstützung gekriegt vom Fräulein vom Jugendamt. Aber das sag' ich dir: wer über dich entscheidet, das sind immer noch wir."
Inga nahm ihren Hut, rückte ihn zurecht, „Hilf mir mal in den Mantel. Essen ist in der Küche, und daß du mir ja keine Dummheiten machst."
‚Mann,' dachte Ulrike, ‚das hätte ich fast vergessen, die sind ja heute beide weg. Ist ja Donnerstag, da sind die bis zehn Uhr weg!' —
Ulrike drehte das Radio voll auf, ließ die Küchentür offen, tanzte durch den Flur ins Bad. Eine schöne heiße Dusche — hmm, herrlich, eine Zigarette hinterher. Haare föhnen. Die Türglocke. Wer kann das sein? Bademantel über. Ulrike drückte auf den Summer und band den weißen Frotteemantel mit dem Gürtel fest.
Sie hängte sich übers Geländer. „Die sind nicht da," wollte sie sagen, aber es war Renz.
„Wieso kommst du denn? Ich denke, du bist in der Disco?"
„Wollte mal deinen Alten interviewen, ob du raus darfst," Renz stand auf dem Treppenabsatz und Ulrike war im Bademantel und hatte nichts drunter.
„Ich kann sogar raus, die sind nicht da. Wartest du unten? Aber nicht vor dem Haus, besser an der Kreuzung; ich beeil' mich."
Diesmal dachte sie dran. Besser ist besser: ein Leintuch auf's Bett, Kissen, Decke, und den Wummi unter die Decke. Wenn man kein Licht machte, konnte man meinen, Wummi wäre Ulrike. Das machte echt Spaß. Und jetzt nicht wie ab.
Die Discothek war voll. Rotgrüne Scheinwerfer drehten sich über der Tanzfläche. Es war so laut im Saal, daß man

unmöglich sprechen konnte. Ulrike und Renz drückten sich zwischen die anderen, die schon tanzten. Renz hielt Ulrike leicht an den Schultern fest, ließ sie dann los und beide verloren sich — Musik und Rythmus — ganz nach innen. Ulrike hatte die Augen geschlossen, den Kopf im Nacken. Wenn sie den Kopf drehte, streichelten die eigenen Haare Wangen, Nase, — Haare, Wangen, Nase, ich, ich, ich, Licht, Musik, — Töne, die einem durch die Haut gingen, einen ausspülten, wegspülten was nicht Ich war; eine Dusche Musik, eine Wanne voll heißer Musik, der ganze Saal war eine Wanne, voll, voll, voll.

In der Pause drängten sich Renz und Ulrike zur Theke im kleinen Raum, dem Saal gegenüber.

„Selber gemacht, die Mitarbeiter vom Jugendheim haben das alles selber gemacht, Barhocker und Theke und so, find' ich gut!" Ulrike brüllte, damit Renz sie verstehen konnte.

Eine Cola für Ulrike, ein Bier für Renz. Im Flur ist es auch zu laut. Draußen also. Im Innenhof kann man stehen, reden, Bekannte treffen, rauchen.

Kurz vor zehn brachte Renz Ulrike zurück. Und dann war Licht in der Wohnung. „Die sind da. Was mach' ich jetzt?"

„Kann ja mit raufgehn," sagte Renz.

„Bloß nicht. Ich kenn meinen Vater. Der wird dann noch wilder. Fahr mich lieber irgendwohin. Ich warte, bis die schlafen, dann schleich ich rein."

Renz schob die Honda bis zur Kreuzung, Ulrike ging auf dem Gehsteig nebenher.

Da war er hinter ihnen. Er riß Ulrike herum.

„Vati, nicht!" aber er schlug trotzdem rechts und links auf Ulrikes Backen. „Glaub' ja nicht, du kannst mit uns machen, was du willst!"

„Lassen Sie sie doch," sagte Renz und faßte Ulriches Vater am Arm.

„Mann, haun Sie ab, Sie!" er schob Ulrike schon vor sich her, drohte noch zu Renz: „Lassen Sie sich noch einmal blicken, dann aber!"

5

„Mensch, Ulrike," sagte Marion und legte den Arm um Ulrikes Schultern. „Was wird denn jetzt?"
„Weiß ich noch nicht," sagte Ulrike und zog an ihrer Zigarette.
„Du siehst aus wie schon mal gegessen," sagte Marion.
Ulrike lachte ein bißchen. „Heute nachmittag gehn die zum Jugendamt. Sie wollen, daß ich in ein Heim für schwererziehbare Mädchen komme. Meine Mutter sagt immer ‚Arbeitshaus' dazu. Das ist schon fast wieder zum Lachen."
„Ihr wart aber doch schon mal bei dieser Frau — wie heißt sie?"
„Schwarzbach. Ja, aber damals war ich erst einmal raus. Jetzt ist es schlimmer."
Ulrike und Marion hatten sich heute schon in der Mittagspause getroffen. Im Eduscho, klar, Marion hatte Kuchen besorgt.
Ulrike zerdrückte ihre Zigarette im Aschenbecher. „Ich halt's kaum mehr aus." Sie klappte das schwarze Lederetui auf und nahm sich eine neue. „Scheißraucherei, ich sollte ganz aufhören."
„Tu's doch... Mensch, Ulrike, willst du bei mir wohnen? Für ein paar Wochen geht das bestimmt. Meine Eltern erlauben das, die sind o.k."
„Schon," sagte Ulrike, „aber in einem Zimmer, und wenn du dann mal mit Thomas allein sein willst, ich weiß nicht."
„Du hast doch jetzt Renz, da könnt ihr zusammen raus."
„Ach was," sagte Ulrike, „Renz, das gibt nichts. Ich mag den ganz gern, aber —." Sie zerdrückte die halbgerauchte Zigarette und biß in ein Stück Apfelkuchen. „Wenn ich bloß wüßte, ob meine Eltern die Adoption lösen können."
„Glaub' ich nicht," sagte Marion, „jedenfalls nicht wegen so-

was, nur weil du mal heimlich raus bist. Die Frau vom Jugendamt hat doch zu dir gehalten."

Ein endloser, endloser Nachmittag bei Grabert. Dann wartete Renz doch wieder vor der Apotheke.
„Du solltest nicht kommen."
„Was gab's mit deinen Leuten? Wieder in Ordnung?"
„Denkst du so. Die lösen jetzt die Adoption. Du kannst mich auf keinen Fall bis vors Haus fahren."
„Was gab's denn noch?" Renz hielt vor der Kreuzung an und ließ Ulrike absteigen.
„Meine Mutter hat sich wahnsinnig aufgeregt, weil ich — weißt du, gestern, als ich rausging, hatte ich meinen Hund so ins Bett gelegt, daß man denken konnte, ich wär's selber."
Ulrike war blaß und lachte ein bißchen.
„Guter Trick," sagte Renz.
„Tschüß."
„Tschüß."
Die ganze Treppe hoch dachte Ulrike nur: „Was werden sie jetzt sagen? Was hat Frau Schwarzbach gesagt? Ich will ja gar nicht weg von denen. Meine Eltern sind meine Eltern. Ein Gefühl aus Wut und Gernhaben. Ihr habt mich aus dem Heim geholt. Echt geholt und vorher hab' ich zu keinem Vati und Mutti gesagt."
Fernsehn im Wohnzimmer. Edi saß im Sessel, die Beine auf dem Polsterhocker. Ulrike stellte sich neben ihren Vater. Sie schaute auch in den Fernseher. „Was is'n das?"
Ihr Vater antwortete nicht.
„Der Kurzkrimi, oder was?"
Edi Moll sagte nicht: ‚Ja'. Er sagte auch nicht: ‚Schau im Programm nach, wenn du es wissen willst,' er nahm keinen Blick aus dem blauen Geflimmer, griff aber nach dem Bierglas, das auf dem braunen Couchtisch stand, nahm das Glas an den Mund und trank.
„Sprichst du nicht mehr mit mir, Vati?"
Er antwortete nicht.

In der Küche stand Ulrikes Mutter. Sie machte irgendwas am Spülbecken.
Ulrike setzte sich an den Tisch und schob den Blumentopf hin und her. Der stand immer auf dem Küchentisch, wenn gerade nicht gegessen wurde, und immer lag ein gehäkeltes Deckchen unter dem Untersetzer.
„Wart ihr denn bei Frau Schwarzbach?"
Inga Moll hatte Wurstscheiben auf die ovale Porzellanplatte gelegt. Sie trug die Platte zum Küchentisch, nahm Ulrike den Blumentopf aus der Hand, aber sie sagte nicht: ‚Ja, wir waren bei Frau Schwarzbach.' Sie sagte nicht einmal: ‚Mußt du immer mit dem Blumentopf spielen? Du zerkratzt den ganzen Küchentisch, ich hab dir das so und so oft gesagt.' Auch nicht: ‚Kannst du mir die Platte abnehmen? Muß ich wieder allein den Tisch decken?'
Sie stellte den Blumentopf auf das Fensterbrett, wischte mit einem feuchten Lappen den Küchentisch ab und sah Ulrike überhaupt nicht.
Ulrike starrte ihre Mutter an. Das hatte es noch nie gegeben. Gemeckert hatten die immer, wegen allem. Aber daß sie nichts mehr sagten, war noch nie vorgekommen.
Sagt doch was! Ulrike schrie ganz innen, aber Frau Moll hörte nicht. Sie legte Teller auf, Messer, Gabeln. Plötzlich merkte Ulrike: nur zwei Teller, zweimal Besteck.
‚Und ich? Das muß ich laut sagen,' dachte Ulrike, ‚für mich deckst du nicht, Mutti?' Aber sie sagte es nicht laut, und Frau Moll war keine Mutti. Sie schnitt Brot auf, sie stellte zwei Gläser hin und eine Flasche Bier und einen Flasche Orangensaft und legte den Öffner dazu, als wäre alles wie immer.
Ulrike stand ganz langsam auf. Sie wartete, daß ihre Mutter sie festhalten und etwas sagen würde, aber Inga Moll war keine Mutter. Ulrike wand sich aus der Tür wie im Film, wenn er in Zeitlupe abläuft und ohne Ton und alle Bewegungen gedehnt sind wie Kaugummi. Sie fühlte sich erst wieder normal, als sie in ihrem Zimmer war.
Auf dem Schreibtisch lag Wummi, er hatte die Ohren über

den Augen und war geistig weggetreten wie immer. Ulrike machte das Fenster weit auf und steckte eine Zigarette in den Mund. Wollte sie anzünden — schloß aber dann doch erst die Zimmertür von innen zu. Neben Wummi auf dem Schreibtisch sitzen, die Füße gegen den Fenstersims gestützt und rauchen. Da kommt man wieder zu sich.
Die kriegen sich schon ein.
Neben dem Schreibtisch stand ein kleines Tischchen mit schrägen Beinen. So ein oller Kakteenständer. Ulrike mochte Kakteen nicht leiden, fand sie aber ganz nützlich: man konnte Zigarettenstummel in der sandigen Erde vergraben, wenn einen wer beim Rauchen ertappte.
Die müssen sich einfach wieder einkriegen. Ich hab' doch nichts gemacht. Mal heimlich weggehn, das macht heutzutage fast jedes Mädchen. Daß ich ausgehe, steht mir zu. Ich paß schon auf mich auf. Ihr könnt beruhigt sein, ich paß schon auf mich auf. Ihr habt mich ja aufgeklärt. Die haben mich was aufgeklärt.
Ulrike lachte und schnippte die Asche ihrer Zigarette in die nächstbeste Kaktee.
‚Ein Glück, daß ich von Marion manches erfahren habe, nö, Wummi?" sagte Ulrike und nahm den Stoffhund auf den Schoß. „Du wüßtest doch sonst rein gar nichts, liebe Ulrike."
Fing das damals an? Wahrscheinlich. Jedenfalls sprach Ulrike immer häufiger mit sich selber, als wäre sie zwei Personen: eine Ulrike, die alles mögliche machte, die auch Mist machte, und eine Ulrike, die mehr wußte und was dazu sagte.
Kann man ganz gut, so mit sich selber sprechen. Ich hab ja auch keinen, mit dem ich so richtig reden kann. Die Aufklärung von meinen Eltern, das weiß ich noch. ‚Du kommst jetzt in ein gewisses Alter,' hat meine Mutter gesagt, ‚laß dich nicht mit Jungens ein, die wollen alle nur dasselbe, und dann stehst du da und hast ein Kind.'
‚Es gibt aber doch auch Leute, die haben keine Kinder, wie machen die das?'

‚Also, Ulrike, dafür bis du noch zu jung. Das erklären wir dir später.' ... Oder wenn Fernsehn lief und Liebesszenen kamen. Was die da immer für ein Theater machten! ‚Schrecklich, also schau dir die an, wie kann man nur sowas zeigen!' Aber den Fernseher schaltete keiner aus. Mutti kroch fast in den Apparat, aber nur ja so tun, als fände man es unerhört. Ihr seid scheinheilig, alle beide, und überhaupt könntet ihr wenigstens heute mal nach mir schaun. Ich würde euch zwar nicht reinlassen, aber kommen könntet ihr wenigstens.

Ulrike rutschte vom Schreibtisch, vergrub den Zigarettenstummel in einem der Blumentöpfe und nahm eins von ihren alten Schulbüchern aus dem Regal. Die Bücher stammten alle noch aus der Zeit, als sie zur Realschule gegangen war. ‚Hätten die mich mal werden lassen, was ich wollte, dann wäre ich jetzt in einem Fotolabor, aber Mutti fand es ja nötig, daß ich was „Anständiges" lerne. Als ob Fotolabor unanständig wäre.' Ulrike hatte sich auf ihre Couch gelegt und grub mit dem Fingernagel kleine Kuhlen in das weiche helle Holz des Bettkastens.

Ach was, alles Mist. Ich muß irgendwas machen. Den ganzen Abend hier, das hält kein Mensch aus. Du mußt aber hier bleiben, — sagte die kluge Hälfte von Ulrike, — wenn du wieder rausgehst. . .

Ulrike schaute erst mal ins Wohnzimmer. Fernsehn. Sie setzte sich auf das Sofa und wartete, ob ihr Vater nicht doch etwas sagen würde. Ihre Mutter spülte Geschirr.

Das war ja nicht zum Aushalten.

Diesmal schloß Ulrike ihr Zimmer von außen ab. Den Schlüssel nahm sie mit.

Und wo soll ich jetzt hin? Am besten erst mal bei Marion vorbei.

Marion wohnte drei Straßen weiter.

„Ach, du bist's, Ulrike," sagte Marions Mutter. „Marion ist nicht da. Sie ist mit Thomas weg. Da spielt irgendwo eine besonders gute Band, im Jugendheim oder — ja, ich meine, es war im Jugendheim."

Das war also nichts mit Marion. Meine Freundin? Auf Mädchen kann man sich sowieso nicht verlassen. Keine Freundin, eine Bekannte.
Also zu Renz.
Ulrike fuhr mit dem Linienbus in ‚die Stadt.' So nannte man den Teil von R., in dem die Geschäftsstraßen mit den wenigen Kaufhäusern lagen und die Blocks. In einem der Blocks wohnte Renz — Lorenz Traber — mit seinen Eltern und den vielen Blagen.
„Der is mit'm Motorrad weg," sagte eins der Blagen, als Ulrike vor der Haustür stand.
Also auch nichts.
Ob ich ins Kino gehe? Allein ins Kino?
Ulrike schaute sich die Auslagen von WK-Möbel an und die Nachthemden beim Zentral-Kaufhaus. Ist ja öde. Die Innenstadt ist echt fad. Einfach nichts los. — Die Boutique hatte lange Hosen im Schaufenster und Blusen mit passenden Pullundern. Da konnte man sich wenigstens ausdenken, was man kaufen würde, wenn man erst mal selbständig war.
Eine enge schwarze Hose — am Po muß eine Hose eng sein. Was meine Mutter mir immer andreht, taugt nichts. Kann ich mich nicht drin sehen lassen. Und einen Pulli — irgendwas Ausgefallnes, was sonst keiner anhat. —
„Na, Kleine, Langeweile?"
Zwei Jungens standen hinter Ulrike.
„Mit euch bestimmt," sagte Ulrike und ging weiter. Plötzlich hatte sie die Idee mit der Futterkrippe. Sie bog von der Krupp-Straße ab und war auch gleich mitten im heißen Geruch von Brathähnchen, Pommes frites und Currywurst.
An den Holztheken standen alle möglichen Leute. Ulrike holte sich Pommes frites mit viel scharfem Cetchup. Dann aß sie und schaute, ob sie wen Bekanntes sah.
Erst war keiner da, aber dann kamen Ute und ihr Freund — wie hieß er doch gleich — Manfred. „Abend, Manfred," sagte Ulrike.
„Bist du ganz allein hier?" Ute war immer so freundlich.
Manfred in schwarzer Lederjacke und zerschlissenen Jeans,

sah aus wie die meisten Jungens in seinem Alter. Ute, kleiner und zierlicher als Ulrike, hatte blondes Kraushaar und große blaue Augen.
„Ärger gehabt mit meinen Leuten," sagte Ulrike.
Manfred sagte: „Soll's geben," und Ute: „Scheint ja bei euch schon eine Krankheit, das mit dem Ärger. Könnte ich nicht aushalten."
Ute hatte gut reden. Aber sie war wirklich lieb. „Sie kann doch mit uns ins Kino, Manfred?"
Sie gingen alle zusammen. In der Lichtburg lief ‚Die Nacht der reitenden Leichen.'
Ulrike neben Ute und Manfred. — Daß man es angenehm finden kann, wenn es finster ist und warm und voll von Leuten um einen herum. Ulrike hatte Erdnüsse mit Schokolade gekauft und gab den beiden anderen davon ab.
Die Reklamebilder am Anfang konnte man nur mit Bemerkungen ertragen: „Das schenk' ich meiner Erbtante zu Weihnachten!" „Ich brauch' den Mercedes unbedingt als Zweitwagen für meinen Pudel." „Pelze klaun, das wär was! Gehn wir heute nacht?"
Und während des Films mußte man natürlich auch seine Kommentare flüstern: „Doing, der nächste Tote!" ... „Paß auf, den erwischt's gleich!" Ulrike war in bester Laune, als sie sich vom Knäuel der anderen Besucher zum Ausgang drängen ließ. Sie sagte den beiden anderen gleich ‚tschüß' und lief die paar Schritte bis zur Bushaltestelle.
Sie war immer noch vergnügt, als sie ausstieg, irgendwie dachte sie gar nicht daran, daß sie jetzt nach Hause kam, daß ihre Eltern vielleicht noch wach sein könnten, etwas gemerkt haben könnten.
Im Flur brannte Licht. Die Wohnzimmertür stand offen. Die Tür zu ihrem Zimmer auch. Ulrike begriff gar nicht. Erst als ihre Mutter auf sie zustürzte, sie an den Schultern packte und schüttelte, war sie ganz da, zu Hause, wo keiner mit ihr sprach, keiner sie mochte, keiner sie verstand.
Natürlich gab es ein Affentheater. Die machten das doch immer. Normal reagieren konnten die gar nicht.

Ulrike heulte in ihr Kopfkissen. Aber wie hatten sie das gemerkt? Höchstens mit dem Dietrich, den Vati mal gemacht hat, das kann sein.
Sie wischte sich mit dem Handrücken über die Augen, fummelte eine Zigarette aus dem schwarzen Etui, legte sich auf den Rücken, das Kopfkissen in den Nacken gestopft, und rauchte.

6

Morgens machte Inga immer das Frühstück für Ulrike und Edi Sie machte es auch an diesem Morgen, und ganz so, als wäre gestern abend nichts gewesen. Sie sprach sogar das nötigste mit Ulrike.
„Noch eine Tasse Kaffee? . . . Hier, der Honig."
Ich trau' dir nicht, dachte Ulrike. Das hat was zu bedeuten, daß du wieder mit mir sprichst.
Edi las die WAZ; er sagte nichts, aber das war für ihn normal.

Bei Grabert rief Marion an. Übers Haustelefon. „Geht's denn?"
„Och ja," sagte Ulrike. Viel sprechen wollte sie nicht, der Grabert war nur einen Moment im Laden vorn, und sie wollte nicht schon wieder Ärger kriegen. Außerdem war das mit Marion auch nicht mehr das Wahre. Die konnte einem ja auch nicht helfen. „Ich hab' heute morgen Ute im Bus getroffen," sagte Marion, „die hat erzählt, daß ihr im Kino wart, und daß du wieder Kniest mit deinen Leuten hattest."
„Ja, stimmt wohl."
„Ruf doch mal bei der netten Frau vom Jugendamt an, bei der — Schwarz-dingsbums oder wie sie heißt."
„Schwarzbach."
„Ja, mach' doch mal. Sag einfach, daß du alles nicht mehr aushältst, vielleicht hilft sie dir dann, daß du irgendwo allein ein Zimmer kriegen kannst. Das wäre doch das beste. Biste unabhängig und so."
„Ja, Mann, keine schlechte Idee, du, tschö, ich muß, der Grabert, du weißt ja, aber die Idee ist gut." Ulrike hatte aufgelegt.
Ein eignes Zimmer. Kommen und gehn, wann man wollte.

Einladen, wen man mochte. Überhaupt andre einladen, auch mal eine Fete machen und Jan wäre dabei, der ist so ein Typ für Feten, da steht der drauf. —
„Fräulein Moll," sagte Frau Bause in ihrem ganz bestimmten Ton, „Fräulein Moll, haben Sie gar nichts zu tun?"
Wie sie das ‚Gar nichts' sagte, diese miese Tante. —
„Ich habe den Eindruck, Sie stehen reichlich viel herum. Sie müssen lernen, auch ohne ständige Überwachung Arbeitsleistungen zu vollbringen."
Ulrike machte sich im Verkaufsraum zu schaffen, aber das paßte der Bause natürlich wieder nicht. Wenn man mal was selbständig machte, war es wieder falsch. Medikamente auspacken, Listen anfertigen, lauter so stures Zeug; dazu kommandierte die einen am liebsten ab.
In der Mittagspause rief Ulrike im Jugendamt an. Die machten aber auch Mittagspause; also warten bis zum Abend. Wenn das was wird... meine Möbel nehm' ich mit, Bettcouch, den schwarzen Schaukelstuhl, das gehört mir, der Schreibtisch auch, den haben die extra für mich gekauft. Als ich zur Realschule kam, hieß es: ‚Du hast jetzt mehr Schularbeiten, die kannst du nicht mehr am Küchentisch machen, da brauchst du einen eignen Tisch für.' —
„Sie werden hier nicht für Tagträumereien bezahlt, Ulrike." Das war der Grabert. „Wie weit sind Sie denn mit dem Sortieren? Ich brauche Sie gleich vorne, wir haben heute Hochbetrieb."
„Noch ein Paket von Nattermann, dann hab' ich's."
Ein Glück, daß die Schwarzbach zu Hause Telefon hat, dachte Ulrike und beeilte sich mit dem Einräumen. Im Amt erwisch' ich sie ja doch nicht mehr. Donnerstag... wenn sie gleich morgen was findet, dann klappt es schon zum Wochenende.
Ulrike ging sehr langsam zur Post. Sie wohnte schon in ihrem Zimmer, saß im Schaukelstuhl und rauchte, hockte zwischen ihren Freunden auf der Bettcouch, alle hatten Gläser in den Händen und tranken Saft und Bier und — ja, klar — auch mal scharfe Sachen. —

Vier von den fünf Telefonzellen waren besetzt. Ulrike zog die Tür der freien Zelle auf. In wichtigen Augenblicken spürt man manchmal genau, was man tut. Jetzt war so ein Augenblick. So, als ob die Zeit stehenblieb war das, als ob wer den Atem anhält, weil Ulrike etwas ganz Wichtiges tut; sie zieht eine Tür auf, schlägt im Telefonbuch nach — Sch... Schw... Schwarzbach, Ilse, ... sie nimmt den Hörer ab, wirft zwei Münzen ein, wählt, und vielleicht ändert sich in zwei Minuten das ganze Leben.
In der Hörmuschel knackte es.
„Schwarzbach."
„Ja, hier ist Ulrike."
„Ulrike?"
„Ulrike Moll aus der Werthauserstraße."
„Ach, richtig, ja, jetzt weiß ich wieder," sagte Frau Schwarzbach. „Na, wo brennt's denn? Wenn du mich zu Hause anrufst, muß es schon sehr dringend sein."
„Ist schon dringend," sagte Ulrike, „ich muß von meinen Eltern weg; ich glaub', ich halt das nicht mehr lange durch."
„Deine Eltern waren ja gestern bei mir," sagte Frau Schwarzbach. „Ich hatte den Eindruck, sie wollten es noch einmal versuchen. Jedenfalls sprach dein Vater davon. Er hat sogar zugegeben, daß sie sicher auch Fehler gemacht haben."
„Kann ich mir nicht vorstellen," sagte Ulrike und knibbelte die Telefonstrippe zwischen Daumen und Zeigefinger. „Die haben keinen Ton mit mir gesprochen, den ganzen Abend nicht."
„Ja," sagte Frau Schwarzbach und machte eine Pause, „ja, weißt du, es kann sein, daß sie erwartet haben, daß du einmal auf sie zukommst, besonders freundlich bist — könnte das sein?"
„Weiß ich nicht. Sie haben jedenfalls ein irres Theater gemacht, als ich nach Hause kam."
„Nichts gesprochen, meinst du?"
„Nein, abends, ich bin abends raus."
„Hast du denn Erlaubnis bekommen?"
„Ja, hab' ich," sagte Ulrike.

„Deine Eltern ließen dich gehn?"
„Ja."
„Aber dann versteh' ich nicht, wieso sie Theater machen, wenn du zurückkommst. Hattest du dich denn verspätet?"
„Nein," sagte Ulrike, denn jetzt war sie ohnehin schon so weit von der Wahrheit weg, daß es weder möglich war, von vorn anzufangen und alles richtigzustellen, noch konnte sie plötzlich abbiegen und über irgendwelche Schleichwege zum wirklichen Verlauf des gestrigen Abends finden. Jetzt war es eben so gelaufen, wie sie erzählte.
Sie hatte gefragt, ihre Eltern hatten erlaubt, daß sie mit Marion und Ute ins Kino ging. Sie kam dann ganz pünktlich zurück und verstand einfach nicht, warum ihr Vater auf sie einschlug. „Er hat doch keinen echten Grund gehabt. Vielleicht hat er sich geärgert, weil er zuerst erlaubt hat, daß ich gehe," sagte Ulrike.
„Und was meinst du, kann ich für dich tun?"
„Ich möchte gern irgendwo ein eigenes Zimmer mieten. Die Möbel kann ich von zu Hause mitnehmen, einfach ein leeres Zimmer."
„Das stellst du dir ein bißchen zu einfach vor, Ulrike," sagte Frau Schwarzbach. „Du bist erst knapp sechzehn. Deine Eltern haben in jedem Fall das Sorgerecht für dich. Der Adoptionsvertrag besteht ja immer noch, und ich hatte nicht den Eindruck, daß sie ihn tatsächlich lösen wollen. Versetz' dich doch mal in ihre Lage. Sie sind nicht mehr jung. Sie sind im Grunde fast zu alt, um verständnisvolle Eltern zu sein. Als sie dich adoptiert haben, waren sie beide über vierzig. Sie können nicht nachempfinden, was in einem Mädchen von sechzehn Jahren vor sich geht."
„Aber es gibt doch ältere Leutchen, die das können," sagte Ulrike.
„Ja, gibt es, da hast du recht, aber deine Eltern, so wie ich sie kenne, gehören eben nicht dazu. Versuch doch, sie zu verstehn."
Verstehn, verstehn, ich will sie aber nicht verstehn. Ich will, daß gefälligst mal jemand mich versteht.

„Ja, schon," sagte Ulrike nur.
„Ist schwer für dich," sagte Frau Schwarzbach, „aber es wäre eben für euch alle die beste Lösung, wenn du noch ein, zwei Jahre bei deinen Eltern wohnen bliebst. Jetzt werden sie ohnehin nicht zustimmen, daß du alleine wohnst. In Frage käme entweder ein Wohnheim oder eine andere Pflegefamilie."
„Wohnheim auf keinen Fall," sagte Ulrike, „da hab ich doch nichts gewonnen. Ich kann doch für mich sorgen. Ich verdien' doch auch selber; ich brauch' nur einfach ein leeres Zimmer, wieso geht das denn nicht?"
„Ulrike," sagte Frau Schwarzbachs Stimme, „komm auf den Boden zurück."
Auf den Boden, aber nicht mit dem Kopf voraus, Mädchen, mit den Füßen auf den Boden. So. Hinstellen.
Aber Ulrike fiel trotzdem aus dem leeren hellen Traumzimmer, in dem die Sonne Kringel an die Wände malte und in dem ihr schwarzer Schaukelstuhl hin- und herschwang; sie fiel, weil das Zimmer auf einmal keinen Boden mehr hatte, weil es sich in Luft auflöste und einfach weg war, nicht drin war, unmöglich war. . .
„Du mußt die Realitäten sehn. Ich könnte dir auch nicht von heute auf morgen ein Zimmer beschaffen, selbst wenn ich wollte."
„Ich versteh' schon."
„Aber ich will mich umtun. Vielleicht finden wir eine Familie, die dich für einige Zeit aufnimmt. Oder — vielleicht renkt sich doch alles wieder ein mit deinen Eltern."
Ulrike sagte: „Ja, danke," und hängte ein.

7

Das war am Donnerstagabend. Am Freitag bin ich immer vormittags zu Hause. Seit Davi geboren ist, gebe ich nur noch fünfzehn Stunden Unterricht. Borris und ich haben unsere Stundenpläne mit viel Energie so hingekriegt, daß immer einer von uns mit Davi zusammensein kann.
Freitags also bin ich zu Hause.
Gegen elf klingelte das Telefon. „Hier Grauer," sagte ich.
„Jugendamt der Stadt R., Schwarzbach," eine weibliche Stimme.
„Ja?" Ich schüttelte den Kopf zu Davi hin, „Nichts für dich."
Davi ließ trotzdem seine Spielsachen liegen und kletterte auf meine Knie. Aus Borris Schreibtischlade fummelte er alle möglichen Kugelschreiber und Bleistifte.
Frau Schwarzbach hatte ein dringendes Problem, wie sie sagte. Es handle sich da um ein Mädchen, das mit seinen Adoptiveltern nicht mehr zurecht käme. Es dürfe sich praktisch kaum noch rühren.
„Wie alt ist denn das Kind?"
„Sechzehn," sagte Frau Schwarzbach, und Davi kritzelte unterdessen den ganzen Schreibtisch voll mit Bleistift.
„Ich fände es ja am besten, wenn sie noch für ein, zwei Jahre bei ihren Eltern bliebe, aber ich fürchte, das wird nicht gut gehn. Jetzt wollte ich Sie fragen, ob Sie nicht eine Familie wissen, die das Mädchen in Pflege nehmen könnte."
„Tja," sagte ich, „so auf Anhieb . . ." Wir kennen eine Menge Leute, das stimmt schon. Borris ist Juso-Vorsitzender in R. Er unterrichtet an der Berufsschule und kennt auch daher den und jenen, eben auch Leute, die sozial engagiert sind. — „Finkenhals vielleicht," sagte ich, „die haben ein eigenes Haus, die könnten sie nehmen, aber ich müßte das Mädchen doch erst kennenlernen."

„Sie selbst?“ Frau Schwarzbachs Stimme schwankte ein bißchen, klar, denn jetzt sagte sie endlich, was sie schon die ganze Zeit hatte sagen wollen, und wobei ich ihr keinen Schritt entgegengekommen war: „Sie selbst kommen da gar nicht in Frage?“
Ach was, ich hatte sofort dran gedacht. Ich bin der Typ, der alles spontan macht. Aber an diesem Freitag war ich überhaupt nicht spontan. Ich hatte mich sozusagen ‚sozial verausgabt‘: Seit drei Wochen holten wir jeden Samstag einen dreijährigen Jungen aus dem Kinderheim. Gregor hieß er, sah aus wie ein unterernährtes Vietnamkind und war nicht ganz unproblematisch. Außerdem, na ja, außerdem habe ich meinen Beruf, Davi, die vielen Freunde, die alle paar Minuten reinschneien und auch Zeit brauchen. . .
„Wissen Sie was,“ sagte ich und versuchte nebenher Davi den Filzschreiber zu entwenden, „geben Sie diesem Mädchen unsere Adresse. Sie soll vorbeikommen, wenn es kritisch wird. Wir lassen uns dann was einfallen.“
„Der Kontakt mit Ihnen nützt ihr vielleicht auch schon,“ sagte Frau Schwarzbach. „Sie sind doch nicht so sehr viel älter.“
„Na, immerhin vierundzwanzig,“ sagte ich, „das ist für jemand, der sechzehn ist, schon ein ganz schön hohes Alter.“
„Ich bin dreißig,“ sagte Frau Schwarzbach,“ das ist noch schlimmer.“ Wir lachten und legten beide auf.
Ich klemmte Davi unter den Arm und schleppte ihn zu seinen Spielsachen zurück.
Wie ich Ulrike kenne, beschloß sie: Die besuche ich gleich morgen. ‚Die‘, das sind wir, Grauers.
Borris kannte sie vom Hörensagen. Über ihn steht ab und zu mal was in der Zeitung im Lokalteil, wenn er sich mal wieder mit den Konservativen angelegt hat.
„Ich geh' da heute hin,“ sagte Ulrike zu Marion, „die Schwarzbach hat angerufen und gesagt, ich soll mal vorbeischaun, die wollten mir weiterhelfen. Ich glaube, die sind nett.“
Ihren Eltern sagte Ulrike, wir hätten sie eingeladen. Sie

sagte das am Samstag beim Mittagessen; es gab Bohnen mit Speck und Kartoffeln. Ein widerliches Mittagessen. Kartoffeln aß Ulrike sowieso nicht. Die gehörten ihrer Meinung nach in den Keller. Pommes frites natürlich ausgenommen...

Speck — davon nur die winzigen Streifen, die man ‚durchwachsen' nennt. Bohnen, scheußliches Zeug, drei Stück, wenn's hochkommt, sonst kommt's mir hoch.

„Also, ich geh' dann. Ihr könnt ja nachfragen, wenn ihr mir nicht glaubt. Hier ist die Telefonnummer." Ulrike ließ einen Zettel neben ihrem Teller liegen.

„Geh' du nur," sagte Edi Moll, und Ulrikes Mutter hatte diesen sauren Zug um den Mund, den Ulrike unausstehlich fand, mindestens so unausstehlich wie dicke Bohnen mit Speck und Kartoffeln.

Wir wohnen in der Stadt, schräg gegenüber von der neuen Sparkasse. Daß sie neu ist, kann man deutlich sehen: Glas und Metall, alles glänzt noch. Bei den Häusern, die länger als fünf oder zehn Jahre stehn, sind alle Poren schwarz verstopft von Kohlen- und Industriestaub.

Das Haus, in dem wir wohnen, gehört auch zu den älteren. Es ist ein großes Einfamilienhaus mit Garten. Wir haben die obere Etage für uns. Mit den Vermietern hatten wir Glück. Er ist Ingenieur bei Krupp und oft auf Reisen im Ausland und so. Frau Kürzel, sie ist um die fünfzig herum, hat sich immer Kinder gewünscht und nie welche gehabt. Jetzt spielt sie ganz gern ‚Oma' bei Davi und übernimmt ihn, wenn es bei Borris und mir mal zeitlich nicht ganz klappt.

Die Wohnung hat — außer Küche, Bad und Toilette — vier Zimmer. Das große mit Balkon ist unser Wohnraum, es hat eine Tür zum Schlafzimmer. Im Schlafzimmer ist Borris' Arbeitsplatz. Wir haben dafür kein richtiges Bett drin, nur eine Doppelliege unter der Dachschräge. Dann gibt es noch Davis Spielraum, er ist fast so groß wie die Küche. Wir fanden es wichtig, daß Davi Platz genug hat. Das vierte Zimmer ist eigentlich gar keins. Es ist ein schmaler Schlauch mit viel Dachschräge, noch mehr als in unserem Schlaf-

zimmer. Ich habe ein breites Brett angebracht, so von einer Wand zur anderen, genau unterm Fenster. Da kann ich Hefte korrigieren und eben auch mal was liegenlassen. Im ‚Schlauch' können auch Gäste übernachten, und, na ja, notfalls könnte das Mädchen für einige Zeit dort wohnen.
„Ich müßte dann eben mit meinen Sachen ins Wohnzimmer umziehen," sagte ich an jenem Samstagmittag zu Borris. Wir saßen in der Wohnküche, und Davi und Gregor matschten in ihrer Suppe herum.
„Sie wird schon nicht gleich heute kommen," sagte Borris. „Ich frag' am Montag mal die Finkenhals." Borris stopfte sich eine Pfeife.
„Ich bring die zwei nach drüben, kommt, Davi und Gregor, wir spielen im Kinderzimmer."
„Ich räum' die Spülmaschine ein," sagte Borris, „dann leg' ich mich ein bißchen lang, ich bin müde."
Typisch Mann! Wir führen zwar eine relativ gleichberechtigte Ehe, aber zum Mittagsschläfchen reicht's meistens nur für Borris. Ich hab' dann Spielstunde mit Davi oder muß noch schnell was bügeln oder flicken oder wegräumen. Ich brachte also Davi und Gregor ins Spielzimmer.
Davi war aber auch müde und kletterte in sein Gitterbettchen. Wir lassen Davi immer selbst entscheiden, wann er schlafen will, und weil er nie muß, geht er von selbst. Gregor hockte sich zu den kleinen Metallautos. Mit denen spielt er am liebsten. Leider gehören sie Davi und der kriegt jedesmal seine egoistischen Anwandlungen, wenn Gregor es wagt, sich den Autos zu nähern. Jetzt war der Augenblick günstig, weil Davi ja schlafen wollte und sich schon auf den Bauch gelegt hatte, die Augen zu . . . Gregors große Stunde. Ich konnte mich zurückziehen und vielleicht sogar selbst ein bißchen . . . nein, da ging die Türglocke.
Borris war noch auf und ließ den rein, der unseren Samstagnachmittagsfrieden störte. Es war Ulrike.
„Frau Schwarzbach meinte, ich soll mal zu Ihnen gehn," sagte Ulrike und war nun doch ein bißchen unsicher. Borris hatte die Pfeife in der Hand und stand mit seinen langen

Beinen vor ihr, sagte: „Schwarzbach ... Schwarzbach? ... woher kenn' ich nur ..."
„Sie ist vom Jugendamt."
„Ach, richtig, dann sind Sie —"
„Ulrike Moll."
Borris ging voraus, führte Ulrike ins Wohnzimmer. Später sagte sie, unsere Einrichtung — ein Stapel loser quadratischer Sitzkissen, kleine Holzkästen und Regale — seien ein echter Schock für sie gewesen; „Daß Leute so wohnen, das fand ich damals irre!"
Das waren also die Grauers. Herr Grauer saß auf so einem Kissen, hatte die langen Beine angezogen und sagte: „Setz dich, bitte."
Herr Grauer war ein Typ wie Jan, älter, klar, dunkelhaarig, aber sonst ganz ähnlich wie Jan. Auch so langsam in seinen Bewegungen.
Dorothee Grauer sagte: „Du bist das also. Frau Schwarzbach sprach immer nur von einem Mädchen. Ich dachte erst, es sei ein Kind, aber du bist ja schon eine junge Dame."
Dorothee Grauer war blond, fast so groß wie Borris, bewegte sich rascher und sprach auch schneller.
„Du hast Schwierigkeiten mit deinen Eltern," sagte Borris Grauer.
„Ja, erzähl mal."
Ulrike fragte: „Darf ich rauchen?" Sie durfte und bot auch Dorothee Grauer eine an.
„Danke, du, ich rauch' nur die hier," sagte Dorothee Grauer, „die sind besonders leicht — jedenfalls rede ich mir das ein."
„Ich bin unheimlich durchgedreht und nervös," sagte Ulrike, „die haben tagelang nicht mehr mit mir gesprochen." Sie zog an ihrer Zigarette.
„Was hast du konkret gemacht, daß deine Eltern die Adoption lösen wollten?" Herr Grauer lehnte sich zurück und breitete die Arme nach hinten aus.
„Ich bin mit'm Jungen raus," sagte Ulrike, sie saß vornübergebeugt, ganz in sich zusammengezogen — nehmt mich

doch, ich mach' wirklich nichts Schlimmes — aber laut sagen konnte man sowas nicht.
„Und das erlauben deine Eltern nicht?"
„Bist du denn später nach Hause gekommen, als vereinbart?"
„Nein, überhaupt, daß ich raus bin, mein Vater hat unheimlich Wut gehabt, er ist mir nach und hat mich von der Straße weggeholt und verhauen." — Ich erzähl's euch lieber nicht so genau, sonst meint ihr auch noch, ich sei selber schuld. —
„Du warst eben sicher auch nicht nur liebenswürdig zu deinen Eltern," sagte Frau Grauer.
„Wenn man nett zu mir ist, bin ich auch nett, aber wenn, nö? . . ." sagte Ulrike und lächelte, aber sie fühlte sich kalt und nicht sehr wohl, — ich weiß ja nicht, was ihr von mir haltet.
Gregor kam an und brachte eins von den kleinen Metallautos. „Ist das Davi? Frau Schwarzbach hat von ihm erzählt . . ."
„Nein, das ist Gregor, unser Pflegesohn, wir holen ihn am Wochenende. Davi ist nicht so dünn."
„Ich war auch so. Es gibt ein Foto von mir, da bin ich noch keine fünf Jahre, unheimlich dünne Arme und Beine. Wollen Sie den adoptieren?"
„Wissen wir noch nicht. So, ich mach' eine Tasse Kaffee," Dorothee Grauer setzte Gregor auf den Teppich . . .

„Und was war sonst noch?" fragte Marion am Montag im Eduscho.
„Im Grunde nichts, das macht mich so nervös," sagte Ulrike, „Sie haben nichts gesagt, wie und was. Der Kleine von denen, der Davi, der ist schon niedlich, aber er darf einfach alles. Beim Kaffeetrinken hat er sich soviel Zucker in seinen Kakao getan, daß er ihn nicht mehr mochte. Da hat er einfach alles ausgespuckt. Aber daß die dann was gesagt hätten — nichts. Frau Grauer hat einfach weggewischt. Das schockt einen schon, wie die mit den Kindern sind."
Marion nickte. „Wenn ich versucht hätte, Kakao über den

Tisch zu pusten, Mann, da hätte ich meine Eltern aber auch nicht erleben wollen!"

„Die waren auch — ich weiß nicht — ich hab' sie mir irgendwie freundlicher vorgestellt. Aber sie vor allem, die Frau Grauer, die war . . . schon freundlich, ja, schon . . ."

„Platz haben die aber doch," sagte Marion, „wenn die dich nicht nehmen, dann sieht man's wieder. Mit'm Mund irre links, und wenn's drauf ankommt, tun die keinen Strich mehr als die anderen Leute."

Marion zerdrückte den Rest ihrer Zigarette.

„Ich muß auch los, tschö, nö," sagte Ulrike und nahm ihre Umhängetasche.

8

Und dann stand Ulrike unerwartet wieder vor unserer Tür. Es war nach sechs. Ich hatte Davi gebadet, er spielte noch in seinem Zimmer.
Ulrike — blaß, zerzaust, mit dicken Augenlidern.
„Komm rein, sagte ich. Wir setzten uns ins Kinderzimmer zu Davi, Ulrike stand aber gleich wieder auf, weil sie ihre Zigaretten vergessen hatte, und ohne Zigaretten ist man nur halb, wenn man raucht. „Könntest du vielleicht . . . nur, solange wir im Kinderzimmer sind? Es ist für Davi so ungesund."
„Ach so, ja, ist gut." Ulrike steckte die Zigarette wieder in das schwarze Etui. „Kann ich heute nacht hier schlafen?"
„Ist es denn so schlimm?"
„Ja," sagte Ulrike und heulte.
Ich frage so ungern. Es ist bestimmt ein großer Fehler, daß ich nicht gern frage. Borris fragt immer und erfährt dadurch natürlich viel mehr Einzelheiten von den Leuten als ich. Was soll's?: Ulrike war unglücklich, wenn sie sagte, sie wolle hier schlafen, dann konnte sie eben aus irgendeinem Grunde nicht mehr nach Hause.
„Wissen deine Eltern, daß du nicht mehr kommen willst?"
„Ist doch denen egal."
„Na, egal wird es ihnen nicht sein, wir müssen sie schon verständigen . . ."
Borris kam. Er hatte eingekauft und stellte die halbe Küche voll mit Plastiktaschen. Davi lief gleich hin und untersuchte die Einkäufe. Sämtliche Dosen, Flaschen, Salatköpfe, Bierbehälter und Keksrollen räumte er auf den Küchentisch, während wir sprachen. Wir waren natürlich hinter ihm her in die Küche, Ulrike und ich.
„Hier darf ich doch rauchen?" — „Du darfst."

Borris fragte sofort: „Kommst du direkt von der Arbeit? Was haben deine Eltern gesagt? Da muß doch was vorgefallen sein zwischen euch? Irgendeinen Grund werden sie doch haben? Ich kann mir nicht denken, daß sie grundlos Streit anfangen . . . Gut, dann fahren wir am besten gleich zusammen hin. Ich spreche mit ihnen."
Davi zählte, was er auf den Tisch geräumt hatte: „Eins, acht drei, fünf, sieben Sachen, welches paßt nicht dazu?" Davi sieht nämlich jeden Tag Sesamstraße im Fernsehen, das bildet ungeheuer!
„Wenn es ganz schief geht," sagte ich, „bringst du Ulrike eben für heute nacht zu uns. Dann sehn' wir weiter."
Sie waren schnell wieder zurück. Ulrike hatte eine weiße Leinentasche mit; Schlafanzug, Waschzeug, einen Pulli zum Wechseln. Wir quartierten sie im ‚Schlauch' ein und schickten sie schlafen.
„Was war denn?"
„Ach," sagte Borris, „nichts Besonderes, die gute Ulrike ist eben zum x-ten Mal ausgerückt. Sie war in der Discothek im Jugendheim. Ihre Eltern haben es wieder mal gemerkt, und jetzt haben sie endgültig die Nase voll."
„Die sind aber schon reichlich unmöglich," sagte ich.
„Ach, weißt du, Ulrike trägt auch ihren Teil dazu bei. Sie sagt ganz offensichtlich Unwahrheiten."
„Sie versucht eben, sich aus schwierigen Situationen rauszulügen, das kann man doch verstehn."
Borris zog an seiner Pfeife. „Ich weiß nicht," sagte er, „sie müßte zumindest begreifen, daß sie nicht fünfmal denselben Trick anwenden kann . . . Und was soll jetzt werden? Du warst ja neulich nicht gerade begeistert."
„Stimmt, — das hängt aber auch mit den Wochenenden zusammen, Gregor strengt mich sehr an. Er ist so anders als Davi, ich bin immer völlig k. o., wenn wir ihn abliefern."
„Wir brauchen ihn nicht mehr zu holen," sagte Borris.
„Ich möchte ihn aber holen. Für Davi ist es gut, und ich finde es einfach wichtig, daß wir was tun. Uns geht es so gut."
„Lassen wir Ulrike bei uns wohnen?"

„Muß das sein?“ Der Gedanke war mir reichlich unangenehm. Warum? — Ich kann sagen: weil unsere Wohnung einfach zu eng ist, um noch einen Erwachsenen ständig mit aufzunehmen, das nimmt mir jeder ab. Ich kann sagen: weil ich meine Nerven für die Schule brauche, für dreißig Jungen und Mädchen, die eine ausgeglichene Lehrerin verdienen, das nimmt mir auch jeder ab. Ich kann sagen: weil ich schon das mit Gregor angefangen habe und nicht beides gleichzeitig machen kann, ich schaff' das einfach nicht. Auch das wird man verstehn.
Trotzdem. Warum wollte ich nicht? Weil ich meine freie Zeit nicht auch noch teilen möchte, weil ich keine Lust zu endlosen Gesprächen über Ulrikes Probleme hatte, weil ich einfach keine Lust hatte. Aber wer sollte sie dann nehmen?
Wir gingen alle unsere Freunde durch. Finkenhals hatten schon abgewinkt, als wir mal vorsichtig angetippt hatten. Es kamen nur noch Mischkes in Frage.
Gert Mischke ist Pfarrer. Seine Frau Heidi und ich haben zusammen studiert, daher kennen wir uns. An der PH war unsere Freundschaft allerdings sehr eng gewesen, ach, Freundschaft ist es eigentlich nicht direkt, aber die unerwartete Wiedersehensfreude hier in R. hat dann doch dazu geführt, daß wir uns regelmäßig treffen.
Borris und Gert verstehen sich auch.
Also Mischkes, die könnten wir fragen. Die haben ein riesiges Pfarrhaus, nur ein Kind, die könnten das machen. Heidi ist in mancher Hinsicht ähnlich wie ich. Sie fühlt sich auch immer verpflichtet, etwas für andere Leute zu tun.
„Morgen frag' ich sie. Ich ruf' an.“
„Ich kann auch mit Gert sprechen,“ sagte Borris.
„Heidi hat am meisten damit zu tun, wenn sie Ulrike nehmen.“
„Ich hab' morgen um zehn Uhr aus, da kann ich gleich mit Davi bei ihnen vorbeifahren und fragen, dann wissen beide Bescheid, das ist am besten,“ sagte Borris.
Mischkes machten es, und Grauers brachten Ulrike hin.
Das Wohnzimmer von Mischkes war ein Wohnzimmer.

Runder Glastisch zwischen heller Couch und hellen Lehnsesseln, kein Faden auf dem blauen Wollteppich, kein Krümel; Aschenbecher stand keiner auf dem Glastisch, aber eine dunkelblaue Kerze und eine Tonvase mit drei bloßrosa Röschen. Der Deckel vom weißlackierten Klavier aufgeklappt, Noten auf dem Ständer.
Ulrike setzte sich auf die Couch . . . „Darf ich rauchen?"
„Rauchst du auch sonst?" Frau Mischke — dunkelblauer Rock, tomatenroter Pulli, schicke Ponyfrisur — Frau Mischke fragte ausgesprochen freundlich.
„Ja", sagte Ulrike, und Frau Mischke holte einen Aschenbecher aus dem Sideboard.
„Dann würde ich sagen, holt ihr mal die Sachen von Ulrike, ich zeige ihr unterdessen das Zimmer. Bleibst du mit hier, Dorothee?"
Natürlich hatte Ulrike Angst, ihre Eltern könnten doch wieder einen Rückzieher machen und sie nicht zu Mischkes lassen. Bei Mischkes, das war der Himmel auf Erden. Im Vergleich zu Molls auf jeden Fall.
Das Zimmer war groß, kaum eingerichtet, denn Mischkes hatten noch längst nicht genug Möbel für das Riesenhaus. Ein alter Schrank mit ovalem Spiegel, ein Bett, ein kleiner runder Tisch. „Wir haben das alles von meinen Verwandten bekommen," sagte Heidi Mischke.
„Wie sind die Mischkes?" fragte Marion beim üblichen Kaffeetreff.
„Och, geht so. Eben mehr konservativ, aber freundlich, herzlicher als Grauers, so mehr familiär."
„Ulrike," sagte Frau Mischke, „ich habe gedacht, du könntest das Geschirrspülen übernehmen. Du ißt ja ohnehin immer nach uns, da kannst du dann die Küche in Ordnung bringen. Ich mach' dir dafür die Wäsche."
„Ist gut," sagte Ulrike.
„Hör mal," sagte Frau Mischke, „ich hab' mit deinem Chef telefoniert."
„Mit dem Grabert?"
„Mit Herrn Grabert. Also, er ist nicht gerade begeistert von

dir, weißt du das? Er meint, du würdest die Prüfung nur — na ja — mit viel Glück schaffen." Frau Mischke machte so eine Bewegung mit der Hand, als sie ‚na ja' sagte.
„Wieso? Ich lerne doch. Ich find' das ungerecht," sagte Ulrike.
„Lernst du wirklich? Ich habe eher den Eindruck, du siehst fern, statt die Zeit zum Lernen zu nutzen."
Der Ton, liebe Heidi, dachte Ulrike, der ist wie bei Molls, wie bei meiner Mutter. —
„Na ja," — Frau Mischke lächelte, aber es war ein Lächeln mit einem Schuß Ärger drin. „Das wollte ich dir in diesem Zusammenhang auch noch sagen, wenn du abends fernsiehst, rauch' bitte nicht so viel, oder mach' wenigstens das Fenster auf. Mein Mann ist sehr empfindlich gegen Rauch. Nimm also bitte etwas Rücksicht."
„Ja, gut," sagte Ulrike, „ich seh' aber nicht bloß fern, ich lerne auch."
„Davon bin ich eben nicht überzeugt. An zwei Abenden in der Woche bist du weg, an den übrigen Abenden finde ich dich regelmäßig im Wohnzimmer. Einmal spielen wir alle zusammen und sonst siehst du fern, du mußt zugeben, daß das stimmt."
„Ja, schon."
„Die Prüfung ist doch wichtig für dich. Herr Grabert hat ohnehin durchblicken lassen, daß er dich nicht behalten will, wenn du fertig bist. Das zeigt doch, wie es steht, nicht?"
„Der Grabert ist ungerecht."
„Du kannst einfach nicht immer die Schuld auf andere schieben. Denk' mal drüber nach, ich wollte es dir nur sagen, so lange noch Zeit ist . . . Und sei bitte leise im Flur, wenn du hinaufgehst, Jochen schläft schon."
Ulrike ging leise nach oben.
Freiheit. Der Himmel auf Erden. Hat sich was mit Himmel. Zweimal in der Woche darf ich raus, und auch bloß bis zehn. ‚Wir kriegen sonst Ärger mit dem Jugendschutz, kann ich mir nicht leisten.' Aber, lieber Gert Mischke, du würdest mich auch ohne Jugendschutzgesetz nicht länger rauslassen.

Ihr seid einfach zu spießig. ‚Sei leise im Flur ... räum endlich mal dein Zimmer auf.' Nein, so sagt sie nicht. Sie sagt: ‚Dein Zimmer könntest du aber gelegentlich selbst aufräumen und etwas lüften, es stinkt regelrecht. Ich meine, mir ist es egal, aber in deinem eigenen Interesse ... wo der Staubsauger ist, weißt du ja.' Es ist ihr ja überhaupt nicht egal. Und dann schauen wir einander nicht an, dann ist diese irre Hochspannung da, echt zum Anfassen. Ja, ist gut. Aber es ist kein bißchen gut.
Dann kam der Abend, an dem es später wurde als zehn. Mischkes lagen wach und warteten.
Es schlug elf und Ulrike war nicht da. Gert rief bei Grauers an. „Was meint ihr? Das hat sie bis jetzt noch nicht gemacht. Soll ich rumfahren und die Lokale abklappern? Ich will eben keinen Ärger kriegen."
„Warten wir bis zwölf," sagte Borris, „Wenn sie dann nicht zurück ist, ruf' wieder an, ich komme mit."
Ulrike kam aber um halb zwölf.
„Wieso? Ich war mit Marion und ihrem Freund, und Jan war auch mit und noch'n paar. Die dürfen auch alle länger."
Habt euch doch nicht so. Ihr kriegt ja gleich den Moralischen. Was wißt ihr denn, wie wichtig es heute abend war. Jan hat sich mit der blonden Brigitte verkracht, er hat echt mit mir geredet, da kann ich unmöglich an euer bescheuertes Jugendschutzgesetz denken. Tu ich auch nicht. „Gute Nacht," sagte Ulrike und ließ die Mischkes stehn, die mit ihren essigsauren Gesichtern.
Am nächsten Morgen war eine Stimmung wie früher zu Hause. Das gab's gar nicht. Die kriegten sich wohl gar nicht mehr ein? Ich denk' die sind christlich, aber sowas von — wie nennt man das — unterkühlt — ich kann dich wirklich nicht mehr ausstehn, du alte Heidiziege. —
Ulrike versuchte trotz ihrer Wut, was zu lernen. Es ging aber nicht. Heidi war selber schuld, daß es nicht ging. Wenn ich Wut habe, kann ich nicht lernen.
Heidi spielte Klavier im Wohnzimmer. Ulrike nannte sie immer ‚Heidi', wenn sie an sie dachte, oder mit Dorothee und

Borris von ihr sprach. Mit denen war sie längst auf ‚Du', aber Heidi und Gert ...
Ich hab' doch praktisch nichts gewonnen. Das war ja gestern ganz deutlich. Nicht ausgehn, so lange ich will, und Besuch haben darf ich auch nicht, das ist zu laut und stört den Jochen, Musik hören ist zu laut, rauchen macht den Gert krank ... Scheißlernerei. Ulrike schmiß das Buch unters Bett. Sie machte das Fenster auf, setzte sich auf die Fensterbank und horchte nach draußen. Die Straße vor dem Pfarrhaus war still. Im Vorgarten blühten Büsche. Mai. Heidi Mischke spielte was von Bach. Spielte die immer, brauchte man gar nicht genau hinzuhören. Die hatte einen richtigen Bachfimmel — Was Jan wohl machte? —

9

„Na, Ulrike, wie war's denn?" Heidi Mischke hatte schon auf sie gewartet.
„Ja, geschafft."
„Na, prima, du, herzlichen Glückwunsch." Heidis Hand war schmal und warm, und Heidi war sehr zufrieden mit Ulrike.
Im Wohnzimmer brannte die Kerze auf dem Glastisch; Kaffee und Kuchen, „Wir feiern ein bißchen," sagte Heidi Mischke.
„Setz dich, Ulrike und erzähl!"
Heidi hob die braun-orange-farbene Kaffeehaube ab und goß ein.
„Gut gelaufen, nö," sagte Ulrike und kramte ihre Zigaretten aus der Umhängetasche. „Ach, ist kein Aschenbecher da, ich hol ihn schon selber."
Heidi sammelte ein paar Spielsachen von Jochen auf und legte sie vor ihn hin. Jochen — auf dem blauen Wollteppich neben den Tisch — drehte an den Rädern seiner Holzeisenbahn.
„Ist eigentlich nicht viel zu erzählen," sagte Ulrike und kam mit dem Aschenbecher vom Sideboard zurück. „Erst war ich unheimlich nervös, aber als die Prüfung lief, war es halb so schwer."
„Behält dich Herr Grabert denn?"
„Weiß ich nicht, gesagt hat er nichts, also weder, daß er mich behält noch was anderes."
Durch die langen Gardinen schien die Nachmittagssonne. Anfang Juni, und man hatte alles hinter sich. Die ganze Quälerei, das Gefühl, lernen zu müssen, die Angst, daß man's nicht schafft. Weg — einfach weg!
Gardinenschatten auf dem Parkettfußboden, — im Garten hinterm Haus hing Wäsche — „Das ist unheimlich schön,

alles hinter sich zu haben," sagte Ulrike, und Heidi sagte, daß sie verstehen könne, wie Ulrike zumute war.

„Magst du noch Kuchen? Ich hab extra für dich gebacken."

„Und wenn ich es nicht geschafft hätte?"

„Dann wäre der Kuchen ein Trostpflästerchen gewesen ... so, ich muß nach der Wäsche sehn, übermorgen fahren wir schon, achtest du auf Jochen?"

„Hmhm."

„Übrigens, Heidi bleib' doch noch einen Moment sitzen, ich wollte dich schon länger fragen: kannst du nicht mal bei deinen Eltern reinschaun?"

„Wieso das denn? Wie kommen Sie auf meine Eltern?"

„Ich dachte, jetzt, wo du geprüfte Apothekenhelferin bist, — das ist doch ein Erfolg — da kannst du's dir leisten, von dir aus, ich meine ..."

„Aber die haben mich doch praktisch rausgesetzt. Ich seh nicht ein, was ich bei denen soll."

„Schau mal," sagte Heidi, „es liegt doch eine ganze Zeit dazwischen, deine Eltern warten vielleicht drauf, daß du kommst und von dir aus einen Schritt zur Versöhnung tust."

„Seh' ich nicht ein." Ulrike nahm rasch einen Schluck Kaffee. „Neulich, nö, da hab' ich meinen Vater beinahe getroffen. Ich hab' ihn von weitem aber erkannt und bin auf die andere Straßenseite. Das hat mich schon so genervt. Ich kann unmöglich zu denen hingehn."

„Es ist deine Entscheidung, ich hätte es gut gefunden." Heidi ließ Ulrike und Jochen im Wohnzimmer und lief in die Waschküche.

Ulrike rauchte noch eine. Draußen nahm Heidi trockene Wäsche ab und hängte feuchte auf.

Jochen warf Bauklötze und die Holzeisenbahn durchs Zimmer. „Nein, Jochen," sagte Ulrike, denn Heidi würde das auch sagen, „nein, nein, das darfst du nicht."

Heidi und Gert hatten alles gepackt, und Ulrike sollte zu Grauers gebracht werden.

„Für die zwei Tage, das lohnt doch nicht," sagte Ulrike, „Da kann ich doch hierbleiben und von hier aus zur Freizeit fahren. Nachher, wenn ich zurück bin, und Sie sind noch vierzehn Tage im Urlaub, das sehe ich ein, da wohne ich bei Grauers, aber jetzt lohnt es sich doch nicht."
„Es geht aber nicht," sagte Gert, „Wir können es nicht verantworten, dich ganz allein im Haus zu lassen."
„Warum denn nicht?"
„Das weißt du selber, Ulrike. Schließlich bist du nicht gerade die ordentlichste, mir ist nicht wohl bei dem Gedanken, daß du überall Licht brennen läßt, die elektrischen Geräte nicht ausschaltest, am Ende die Haustür nicht abschließt, wenn du abreist."
„Ach, doch nicht nur deswegen," sagte Heidi, „So ein junges Mädchen ganz allein im Haus, da hätte ich Angst um dich."
„Mir passiert schon nichts," sagte Ulrike — ich weiß aber genau, was ihr denkt, ihr sagt es bloß nicht." Ulrike sah Heidi und Gert an und sagte auch nicht, was sie wirklich dachte. Ihr denkt, daß ich Feten mache, wenn ihr weg seid. Das paßt euch nicht. Ihr habt ganz recht, ich wollte allein bleiben, und mal alle einladen. Marion und Manfred, Ute und Thomas und Jan Henders und die alle. Ganz richtig, das wollte ich. Wir hätten schon aufgepaßt und nichts kaputt gemacht. Auch eure heilige Stereo-Anlage nicht. Keine Sorge.
„Also, bitte, pack alles ein, ich fahr dich gleich. Wir haben abgemacht, daß du kommst," sagte Gert.
Ulrike hatte schon einigermaßen gepackt, noch nicht systematisch, klar, das wollte sie dann eben bei Grauers machen. Gert lieferte sie ab.
„Da ist die Tochter," sagte er und Dorothee lachte. „Tochter ist gut, — sie sechzehn und du sechsundzwanzig — warst ja ganz schön früh dran, Herr Pfarrer." Gert lachte auch. „Bettzeug hat Heidi mitgeschickt, dann brauchst du nicht extra frisch zu beziehen."
„Das ist nett von Heidi, sie denkt immer an sowas", sagte Dorothee, und Ulrike dachte: Magst du Heidi? Magst du sie, oder tust du nur so?

„Da ist noch was." Gert stellte die große Pappschachtel in den Flur. Ulrike hatte Schallplatten, Bücher, ihr Nähzeug und allen möglichen anderen Kram drin.
Die anderthalb Tage waren irre. Ulrikes erste große Reise, und noch dazu die erste ohne Eltern.
„Mit meinen Eltern bin ich nie richtig verreist. Höchstens mal am Wochenende zu den Verwandten von meiner Mutter, aber Urlaub gemacht haben meine Eltern nie."
Ulrike hatte auch keine Ahnung, was man für eine Zeltfreizeit alles braucht.
„Hast du denn einen Schlafsack?"
„Nee, brauch' ich den?"
„Klar, ihr schlaft doch im Zelt, da wird es nachts ganz schön kalt." Dorothee half ein wenig beim Überlegen, einpacken mußte Ulrike aber doch selber. Natürlich war die Hälfte — und natürlich die Hälfte der wichtigsten Sachen — doch bei Mischkes geblieben.
„Am besten machst du dir eine Liste und hakst ab, was du eingepackt hast."
Zum Glück hatte Gert den Hausschlüssel bei Grauers gelassen. Man konnte die fehlenden Sachen morgen holen.
Trotzdem schlief Ulrike schlecht in dieser Nacht.
„An meinen Sachen muß ich auch noch was nähen," sagte sie beim Frühstück. „Hast du eine Nähmaschine?"
„Mädchen!" Dorothee hatte es eilig, letzter Schultag vor den Sommerferien, „näh mit der Hand oder stell sie dir selber auf, sie ist im Schrank im ‚Schlauch', ich muß los."
Ulrike nähte, packte ein und wieder aus, es ging einfach nicht alles in diesen bescheuerten Koffer.
Noch so eine Nacht. Ulrike wachte immer wieder auf. Ein Auto fuhr mitten durchs Zimmer, helles Scheinwerferlicht an der Decke — irgendwelche halbirren Leute brüllten sich nachts um ein — 'tschüüüüß, denn' — zu. . . .
Morgens konnte Ulrike nichts essen. Sie rauchte viel zu viel und es nützte gar nichts, daß Dorothee sie tröstete. Wie würden diese vierzehn Tage?
Der Dicke fuhr ja mit, den konnte man notfalls fragen, klar.

Der Dicke, Walter Klemp, studierte Sozialpädagogik und schmiß nebenher das, was so im Jugendheim lief: Disco, Mitarbeitergruppen, Bastelnachmittage für die Kleineren.
Außer dem Dicken fuhr eben alles mit, was sich so ‚Helfer' nannte. Ulrike wolte auch Helfer werden, mit Kleineren was basteln oder spielen.
„Bis zur Prüfung kann ich nicht," hatte sie zum Dicken gesagt, „Aber dann mach' ich was. Macht mir Spaß, interessier' ich mich für."
„Dann fahr' am besten zur Freizeit mit, da mach' ich Helferschulung." Also fuhr Ulrike mit.

10

Dorothee brachte Ulrike, Koffer, Schlafsack, Tasche mit Essen, Parka — zum Jugendheim.
Unterm Vordach standen sie schon, die anderen.
Luki, Cornelia, Rainer, Bärbel Gerner und Uli Mander, Ulrike sagte: „Tagchen," aber die anderen nickten nur und redeten weiter miteinander.
Jan Henders stakste über die Straße, schleppte Koffer und Schlafsack, knallte alles vor Lukis Füße und wurde mit Riesenhallo begrüßt.
Dann kam der Ford Transit vom Dicken. „Los, Leute, einsteigen!" Der Dicke machte die hintere Tür auf. „Stellt mal alles rein, aber gut schichten, nicht, daß mir bei der ersten Vollbremsung die ganze Ladung auf'n Kopf fällt."
„Dir doch nicht, du sitzt ja vorn!" Alle lachten über Lukis Witz.
Ralf Kunert war mit dem Dicken gekommen. Er bewachte das Einräumen der Koffer und Taschen. Ralf war fast zwanzig und bei der Bundeswehr. Er hatte eine Sonderstellung.
„Laß mal, schaff ich schon," sagte Ulrike und drängte sich mit ihrem Koffer an Ralf vorbei.
„Meine Zeit, wollte dir doch bloß helfen," sagte Ralf, „ist bei uns üblich, daß man sich hilft."
Ulrike sah Ralf an: du Großmaul, du unheimliches Großmaul. Immer um den Dicken rumtanzen, das kannst du. Dich lieb Kind machen beim Dicken. Aber sie sagte es nicht.
Die Fahrt über saß Ulrike neben Uli Mander. Noch eine Ulrike also. Aber die andere war blaß, hellblond, Brille mit Silberrahmen. Ein ganz anderer Typ. Sie wohnte mit ihrer Großmutter zusammen.
„Meine Brüder wohnen auch mit und mein Vater. Morgens mach' ich immer Frühstück für alle."

„Wann stehst du dann auf?"
„Um sechs, manchmal, wenn ich's schaffe, viertel vor sechs."
„Wahnsinn, einfach irre, könnte ich nie."
Der Dicke rief nach hinten: „Wie nennen wir die zwei Ulriken? Eine Uli und die andre Rike, wat?"
„Nö," sagte Dagmar, ‚Daggi', die Schwester von Jan, anderthalb Jahre jünger, immer voll aufgedreht, so eine richtige Betriebsnudel, kein bißchen Ähnlichkeit mit Jan.
Daggi hatte sich schon was ausgedacht: „Du heißt doch Moll."
„Hmhm."
„Dann ist das die ‚Molly', und Uli kann ihren Namen behalten."
„Molly paßt gut, so äußerlich," sagte Rainer und machte bei ‚äußerlich' eine große Luftkugel mit den Händen.
Alle sahen Molly an und lachten, großes Hallo!
Jan sah auch hin. Er saß vor Ulrike und lehnte sich nach hinten und sah sie an.
„Molly, klingt ganz o. k.," sagte er und Ulrike-Molly schaute zurück, und der Ford hob sich langsam von der Straße ab, bekam Taubenflügel, seine Fensterscheiben platzten. — Mich erwischt's, mich hat's schon erwischt — wir fliegen und, wenn wir wollen, dann steigen wir aus und gehn in der Luft herum, ja? —
Aber es war schon vorbei. Jan drehte sich um, denn Luki hatte ihn am Ellenbogen gestoßen und wollte was von ihm. . . . Eine Zigarette natürlich . . . „Krieg ich auch eine?" sagte Molly.
„Ja, warte," Jan gab Luki, steckte sich selbst eine in den Mund und hielt Ulrike-Molly die Packung hin. Als er sein Feuerzeug schnappen ließ, war einen Augenblick lang die klare blaue Gasflamme zwischen ihren Gesichtern.
„Sieht Daggi eigentlich deiner Mutter ähnlich?"
„Wieso willst du das wissen?"
„So eben, . . . weil Daggi eine Stupsnase hat und du nicht."
„Was ist denn mit meiner Nase, ist mir doch gleich, von

wem ich sie habe," Jan zog die Mundwinkel leicht nach unten.
„Ärgerlich?" sagte Molly „Sei's bitte nicht, Jan."
Alle rauchten, alle außer Uli Mander. Sie mochte nicht, sie rauchte überhaupt nie.
Der Dicke sang laut. Ralf hing über der Rücklehne und beobachtete den ganzen Bus.
Molly beobachtete Jan. Der hatte sich wieder in Fahrtrichtung gesetzt, redete auf Luki ein.
„Dat du die Conny rüberpfeifst, denk ja nicht dran," sagte Luki so laut, daß Molly es hören konnte.
Conny? Das ist die Beliebteste, jedenfalls hatte Uli Mander das behauptet. Der Dicke soll sogar für sie schwärmen. Wieso eigentlich? Berühmt sieht sie nicht aus. Bin ich aber hübscher. —
Conny war zart gebaut und schmal, gute Figur, das schon, aber einen viel zu großen Kopf im Verhältnis zum Körper, einen eckigen Kopf — irgendwie eckig — fand Molly.
„Die sieht aber doch schon ganz schön verbraucht aus," hatte Molly vorhin zu Uli Mander gesagt.
„Ich glaub', es liegt an was anderem."
„Ja?"
„Conny ist sehr frei erzogen, sie geht weiter, als die anderen Mädchen."
„Wie meinst denn das?"
„Na ja, sie macht eben mehr, verstehst du. Außerdem ist sie Liebling beim Dicken."
„Hat der keine Freundin?"
„Doch, klar, aber die wohnt weiter weg, wenn sie nicht da ist, tanzt er mit Conny. Das mußt du mal beobachten."
Nach zwei Stunden Fahrt bog der Dicke von der Autobahn ab und suchte einen Parkplatz am Waldesrand.
„Alles raustreten zur Pause," tönte Ralf, „Ab in die Büsche, wer muß."
„Melde gehorsamst, Geschäft erledigt," — Luki, natürlich Luki der Gruppenclown mit seiner lauten Stimme. Und wieder großes Hallo.

„Wir sind wohl beim Bund gelandet, wie?“ sagte Molly und kam nicht an mit ihrer sauren Bemerkung.
Man stand rum, pumpte Sauerstoff in die Lungen, ließ eine Cola rund gehn und stieg wieder ein. Ralf löste den Dicken beim Fahren ab, aber der Dicke hatte keine ruhige Sekunde. Er rutschte auf seinem Sitz hin und her, griff dauernd nach dem Schaltknüppel oder sagte: „Mußte beschleunigen, Mann, rauf auf die Tube,“ oder genau das Gegenteil: „Biste wahnsinnig, Mensch, fahr' nicht so schnell.“
Ralf konnte fahren wie er wollte, richtig war es nie, bis er schließlich so nervös war, daß er — Blinker raus — in den nächsten Parkplatz reinfuhr und auf die Bremse trat.
„Bitte, fahr selber!“ Ralf war ganz schön sauer auf den Dicken.
Der sagte gar nichts, setzte sich wieder ans Steuer und fuhr. Das Radio voll angedreht mit Hits aus Luxemburg.
Molly stopfte ihren Parka zwischen Fensterscheibe und Sitzlehne. Es war jetzt angenehm kühl im Bus, Ralf hatte das Dach zurückgeschoben.
Jan schlief, Luki döste vor sich hin, Daggi und Conny kicherten. Der lange Rainer und Robby Zwanzer und der kleine Gymnasiast, der Hermann Schneider — beim allgemeinen i-Tick hieß er natürlich Heri — saßen auf der hintersten Bank und kloppten Skat.
„Ich schlaf auch was,“ sagte Molly zu Uli Mander. „Kannst dich bei mir anlehnen, wenn du willst.“
„Gern, geht es so?“ Uli legte ihren Kopf auf Mollys Hüfte. Gegen halb sieben abends würden sie ankommen.

11

„He, Leute, aufwachen!" schrie der Dicke nach hinten, „Wir fahren gleich durch Erlau-Zwiesel und in den Wald. Der Platz liegt j. w. d., werdet euch wundern."
Sie bogen von der Bundesstraße ab, eine schmale Teerstraße entlang. Ein Teich, eine Feriensiedlung, so eine typisch phantasielose aus vierzig Nur-Dach-Häusern, dann war die Teerstraße zu Ende, und ein holpriger Waldweg begann.
„Festschnallen und Fallschirme aufspannen!" dröhnte Luki.
„Echt am A der Welt, was?"
Der Wald öffnete sich zu einer Lichtung, hellgrün, voll Abendsonne. Der Dicke zog die Handbremse an.
„Daß ihr aber nicht gleich im Wald verschwindet, erst werden die Zelte aufgebaut. Das machen wir gemeinsam."
„Auf in die Natur!" brüllte Robby Zwanzer und warf seine Baskenmütze in die Luft. Die Baskenmütze, das war ein Symbol. Robby trug sie im Sommer und im Winter, ohne sie war er nicht Robby.
Die beiden Ulriken hatten den Bach entdeckt. Sowas von klarem Bach! Man sah den Sand, jeden Stein, jeden Ast und jedes Blatt auf dem Bachgrund.
Der Bach floß im Halbkreis um die Lichtung. Büsche ließen ihre Zweige auf der Wasserfläche schleifen. Tiefe Kuhlen hatte sich das Wasser ausgewaschen, in denen stand es still. Molly hockte sich ins Gras und ließ die Füße in den Bach hängen; erst berührten die Fußsohlen die kühle glatte Fläche, dann Zehen eintauchen, kalt, aber herrlich erfrischend.
In diesem Augenblick faßte eine Hand Ulrikes Nacken.
Es war Jan. Er lachte, weil Ulrike so erschrocken aufschrie, sagte: „Los, Molly, Zelt aufschlagen, hier wird keiner geschont."

Dann stand das Zelt, und es wurde finster und kühl.
Alle Fragen — wer wird bei wem einquartiert, wer macht morgen den ersten Küchendienst, sorgt für Brennholz, kauft ein ... beantwortete der Dicke selbst: er teilte ein, ob es den ‚Helfern' paßte oder nicht.
Ulrike fand das gleich blöd, sie ärgerte sich immer, wenn einer nur anordnete, und sie spürte, daß der Dicke ihr auch nicht grün war.
Nö, Molly war nicht sein Fall. Der Dicke brauchte Leute, die ihm möglichst wenig widersprachen.
Und das mit Jan — das mußte ja irgendwie weitergehn. Es ging auch weiter, es ging ungefähr so:
Ein heißer Tag, an dem die Mücken hohe zarte Türme in die Luft bauten, das Wasser in den tiefen Kuhlen im Bach war trotzdem eiskalt.
Wenn er fair gewesen wäre — oder auch nur genügend routiniert — hätte er gesagt: „Los, komm, Molly, wir wollen beide dasselbe, also komm."
Jan sagte das bestimmt nicht, er ist gar nicht in der Lage, sowas direkt zu sagen. Er denkt wahrscheinlich auch nicht so. Im Moment meinte er sicher, er sei doch in Molly verliebt. Ich glaub' schon, das meinte er.
„Hast du noch nie was mit'm Jungen gehabt?" fragte Jan nachher.
„Nein," sagte Ulrike und war Ulrike und nicht Molly.
„Mensch," sagte Jan und es tat ihm leid, ärgerlich war er nicht, „Mensch, hättest du aber auch vorher sagen können."
Jan kann einfach nicht so tun, als liebe er ein Mädchen noch, wenn es nicht mehr stimmt. Es quält ihn dann selber, daß es vorbei ist. Ein bißchen sucht er die Schuld bei dem Mädchen, mit dem es aus ist, und ein bißchen auch bei sich selbst.
Jan saß im Gras und der heiße Nachmittag war vorüber, die Sonne fiel schräg und streifig zwischen die Baumstämme ein. Jan hatte die Knie angezogen und kaute auf einem Grashalm rum und hatte eine echte Träne an den Wimpern;

„Ich hätte dich ja auch fragen können, ich Schaf," sagte er, „Ich hab's nicht gewußt, Molly, ist es schlimm für dich?"
„Nein, es ist kein bißchen schlimm," sagte Molly-Ulrike und streichelte Jan.
„Ach, natürlich ist es schlimm."
Ich denke auch, daß es schlimm ist, Ulrike, aber, weißt du, ich denke es aus einem anderen Grund als Jan. Na ja, ich bin eben auch erwachsen, ich bin nicht mehr in der Situation drin, in der ihr damals wart, klar, aber daß das mit Jan so enden mußte, so, einfach, ohne daß ihr einander auch nur ein klein wenig verstehen konntet, begreifen, woher es kommt, daß der eine, daß du, Ulrike, gedacht hast, Jan sei derjenige überhaupt, und er hat gedacht: die Molly ist ganz o. k. und weiter nichts, das finde ich schlimm.
Aber wie sollst du auch aus einer Liebe etwas machen können, was weitergeht?
Daß man was draus machen kann, dazu gehört auch eine Zeit im Leben, die du nie gehabt hast. Ich denke manchmal, es hängt vielleicht mit den fünf Jahren zusammen, den fünf ersten, die dir fehlen.
Dein erstes Jahr, und das erste Lächeln, das aus dem Lächeln deiner Mutter kommt.
Dein zweites Jahr, und die ersten Schritte, die du in die Arme deiner Eltern machst.
Dein drittes Jahr und die ersten Namen, die du den Dingen gibst, weil zwei andere Menschen, oder wenigstens ein andrer Mensch dir sagte: „Das ist ein Ball und das eine Puppe und das ein Auto."
Ein viertes Jahr, in dem du dich von deinen Eltern löst, Freunde gewinnst und mit ihnen teilen kannst, was du selbst bekommen hast.
Ein fünftes Jahr mit weitem Horizont: Freunden, Eltern, Dingen, einem Himmel und Blumen, Sternen, Nacht, Tag, Sonne, Regen, Gernhaben und Streit, Zärtlichkeit und Gereiztheit, und im Grunde Vertrauen zu Eltern, die immer irgendwie da sind. Du hast diese Jahre aber nicht. Du warst fünf Jahre lang gar nicht vorhanden.

„Ich weiß auch kaum was aus der Zeit im Heim," hast du mal gesagt, als wir über ganz früher sprachen.
Du kannst auch nichts wissen.
Irgendwer im weißen Kittel kam an dein Bettchen, gab dir einen sterilen Sauger in den Mund, sagte vielleicht: „Trink schön," oder, „na, was ist denn, trink, kleine Ulrike," hob dich hoch, ließ dich Bäuerchen machen, wickelte dich in absolut einwandfreie Windeln, legte dich zurück, ließ dich weinen, bis du einschliefst.
Du hattest Pech, warst nicht in eine Familie hineingeboren. Keine Geschwister, dafür viele kleine Krabbelkinder wie du. Alle mit großen leeren Augen, alle mit der Hoffnung, daß eines Tages die Eltern zur Tür hereinkämen, Eltern, die einen in die Arme nehmen und sagen würden: „Da bist du ja, mein Kind, komm, wir gehn nach Hause."
Aber diese Eltern kamen nie, und Jan ist weder ein Freund, noch kann er ausgleichen, was dir fehlt. Er ist ein netter Junge und er hat seine eigenen Probleme, er braucht ein Mädchen, daß ihm weiterhilft auf dem Weg zu sich selbst . . .
Und wer hilft Molly weiter?
Wer hilft ihr aus dem großen Saal heraus, wer hilft ihr, sich von den anderen Krabbelkindern zu unterscheiden?

Drei Tage nach jenem Nachmittag im Wald kam Uli Mander zu Molly ins Küchenzelt. Die beiden hatten Küchendienst zusammen. Es regnete. Uli Mander hatte Wasser aus dem Forellenbach geholt. Sie stellte die Kanne ab, schob die Kapuze von den Haaren und schoß gleich los: „Weißt du, was ich grad gehört habe?"
„Nö, erzähl."
„Die Jungen liegen alle im Zelt am Bach und qualmen und reden über die Mädchen. Als ich Wasser geholt hab, konnte ich prima mithören."
„Der Jan auch?"
„Ja, alle, und der Jan, was der erzählt hat, da kriegst du echt zuviel."

Ulrike ließ sofort die Kartoffel, die sie gerade schälen wollte, in die Schüssel fallen, sie legte das Schälmesser weg und fummelte sich eine Zigarette aus dem Etui.
„Was denn?"
„Über dich. Er meinte, ‚Die Molly, die kann ich jeden Tag nageln, wenn ich will.'
„Nageln?"
„Ja, das ist so ein Ausdruck, du weißt schon, ich find' das unmöglich."
„Dabei will ich gar nicht mit dem gehn," sagte Molly.
„Nicht? Wart ihr nicht befreundet? Ich hab's auch gedacht."
Dann schälten die beiden Ulriken Kartoffeln und drehten das Kofferradio voll auf. Draußen regnete es.
Noch ein paar Tage später — wieder Sonne überm Wald — ein Spaziergang zum Weiher, weil man da baden konnte.
Heri, der Gymnasiast und Rainer, Uli Mander und Molly.
Die anderen waren früher los und lagen schon im Gras in der Sonne.
Jan und Conny auch. Jan hatte seinen Arm auf Connys Nacken.
Sie rauchten gemeinsam eine Zigarette.
„Ich dachte, Jan geht mit Molly," sagte Hermann, der einfach noch zu grün war, um überhaupt etwas von der Welt zu kapieren.
„Weißt du, daß die Conny einfach zu Jan hin ist, und ihn gefragt hat, ob er mit ihr gehn will?" sagte Uli Mander später zu Molly.
„Das ist gemein," sagte Molly, „die hat uns auseinandergebracht, das ist gemein."
„Ich dachte, du wolltest gar nicht mit Jan gehn."
„Ach na ja, es ist trotzdem gemein von Conny."
Der Badetag brachte noch ein paar Veränderungen: Rainer fing mit Uli Mander was an, Luki, der Gruppenclown, kriegte Stielaugen nach Conny, ausgerechnet nach Conny, wo die doch noch mit Jan kaum richtig befreundet war, da wollte der schon dazwischen. Molly und Robby Zwanzer machten im

Weiher Wettschwimmen und hatten Spaß und verstanden sich eigentlich ganz gut, aber nur so an der Oberfläche. Ich verlieb' mich nicht mehr so schnell, dachte Ulrike. Eine verrückte Clique, wenn ich Molly bin, dachte Ulrike, gehöre ich dazu. Molly ist ein Stück von mir, ich kann so tun, als ob ich Molly bin, aber sowas kann man keinem sagen, das ist schon richtig daneben, wenn man denkt, daß man was von sich selber spielt. — Sonne wärmte den Weiher im Juli, und Jan hatte nie richtig gesagt, daß es zwischen ihm und Ulrike aus sei. Es hatte ja auch nicht richtig angefangen, wie konnte es da aus sein.
Ulrike dachte: Ach was.

12

Vierzehn Tage waren fast um. Mal Sonne, mal trübes Wetter, wenig Regen. Jetzt war noch ein bißchen Zeit übrig. „Ich denke, wir wollten Mitarbeiterschulung machen?" sagte Molly zum Dicken.
„Machen wir doch die ganze Zeit — Gruppenprozeß."
„Was ist das denn?"
Der Dicke war ganz schön beleidigt. „Gruppenprozeß ist, wenn man Leute miteinander in Kontakt kommen läßt und dann abwartet, wie sie sich verhalten, verstehst du?"
„Na, ja," sagte Ulrike, „ich dachte, wir arbeiten mal was durch, was lesen, hab' ich wirklich gedacht."
„Arbeiten," der Dicke blies durch die Nase, „Dat du nach Arbeit fragst, haste grad nötig, bist ja immer schön vorne an, wenn's wat zu arbeiten gibt."
Für den Dicken sind die Mitarbeiter, die sogenannten ‚Helfer', einfach prima Kumpels, mit denen fährt man mal in die Ferien, haut auf den Putz, abends in Erlau-Zwiesel in die Dorfpinte oder ein paar Liter Bier am Lagerfeuer, mal schwimmen, mal wandern, damit die Leute schön müde sind und nicht zu viel Rabbatz machen.
Daß Ulrike spürt, wo der Dicke seine schwachen Stellen hat, das wurmt den. Dabei ist das ganz normal: man merkt immer die Fehler bei anderen, die man selber hat.
Dann passierte auch noch das mit dem Brief an Mischkes und der Dicke hatte endgültig die Nase voll.
Ulrike schrieb, daß die Freizeit ein bißchen enttäuschend wäre, weil der Dicke immer nur Lust hätte zu gammeln, und weil er überhaupt das ganz Programm allein bestimme.
„Hast du mal 'ne Briefmarke für mich?" fragte Ulrike, aber weder Daggi, noch Uli Mander noch Conny hatten eine.
Der Dicke wollte sowieso nach Erlau reinfahren. „Gib ihm

doch den Brief mit," sagte Conny. Ulrike schrieb schnell noch Adresse und Absender.
„Krieg' ich aber noch Geld von dir," sagte der Dicke und hielt die Hand hin.
„Geb' ich dir nachher, ich hab's nicht klein," sagte Ulrike.
„Mitgeben, ich wechsle, sonst lauf' ich drei Wochen lang hinter dir her wegen fünfzig Pfennig."
Ulrike war sauer. Holte ihre Geldbörse, gab dem Dicken einen Zehnmarkschein, dachte, er sei wirklich reichlich mies. Der Dicke hatte den Brief, und der war nicht zugeklebt. Typisch Molly? Typisch für den Dicken? . . . Ich weiß nicht, jedenfalls machte der Dicke nicht, was man eigentlich hätte erwarten können: Zukleben und reinwerfen. Der Dicke las den Brief.
„Hat der echt rausgenommen und gelesen," sagte Ulrike später zu uns, „und von da an war es aus. Der hat auch bei allen seinen Lieblingen rumerzählt, daß ich ihn bei Mischkes schlechtmachen wollte."
„War ja auch nicht allzu klug von dir, den Brief offenzulassen," sagte ich, und Ulrike nahm mir übel, daß ich so etwas überhaupt erwähnte.
„Der wollte mich dann zurückschicken, schon früher, und bloß wegen dem Brief."
„Bloß wegen dem Brief?"
Ein paar Tage, nachdem die ganze Gesellschaft braungebrannt und munter aus Erlau-Zwiesel zurück war, kam der Dicke mal bei uns vorbei. Wir kannten ihn unabhängig von Ulrike. Allerdings kam Borris nie besonders gut mit ihm zurecht. Wir aßen gerade zu Mittag.
„Ist die Molly schon da?"
„Nein, die arbeitet noch."
„Wo denn?"
„Im Alpha-Haus."
„War wohl nichts mehr mit Grabert, wat?"
„Weiß ich nicht," ich wollte Ulrike nicht unbedingt bloßstellen. „Meistens wechselt man nach dem Abschlußexamen die Stelle."

„Hö," lachte der Dicke, „bei der Molly hat das aber andere Gründe."
„Wieso?"
„Die ist doch unwahrscheinlich faul und vergammelt."
„So?"
„Wat die sich alles geleistet hat in den vierzehn Tagen, dat gibt es gar nicht."
Wir sahen den Dicken an.
„Nachts war die nie im Zelt zu finden, ich hab sie mal mit Ralf zusammen im Wald gesucht, am Tag nur gepennt und geraucht. Wat Vernünftiges war mit der nicht anzufangen."
„Ihr schwärzt euch ja gegenseitig ganz schön an," wollte ich sagen. Ich hatte es schon auf der Zunge, aber dann sagte ich doch nichts, und Borris, der sonst direkter und unhöflicher ist als ich, sagte auch nichts.
Der Dicke wollte Borris noch was fragen, wegen eines Termins, dann ging er und kurz darauf klingelte Ulrike. Ihren Schlüssel hatte sie mal wieder vergessen.
Ulrike aß nie Kartoffeln. Ich hatte an diesem Tag Pommes frites gemacht und sagte gleich: „Die magst du ja nicht."
„Sind es Pommes?" Ulrike sagte ‚Pomm-es,' sie hob den Deckel vom Römertopf und schaute nach. Dann nahm sie sich.
„Ich dachte, du magst keine Kartoffeln," sagte ich, und war ziemlich verärgert, weil der Dicke erzählt hatte, Molly sei nachts nie im Zelt gewesen und überhaupt.
„Pomm-es mag ich aber," Ulrike lachte mich ein bißchen an.
„Komisch, komisch," sagte ich und ärgerte mich noch immer.
Mit dem Essen machte Ulrike sowieso Zicken. Salat aß sie auch nicht. Tomaten pickte sie immer raus und Zwiebelstückchen legte sie an den Tellerrand, und bei Gurken machte sie gleich ein Gesicht, als müsse sie spucken. Dafür hätte sie jeden Tag ein Pfund Nudeln mit Cetchup verdrücken können.
„Habt ihr euch eigentlich nur wegen dieses Briefes in der Wolle, der Dicke und du?"

„Ja, der kriegte sich kaum mehr ein, dabei ist das von ihm selber eine Gemeinheit, daß er meine Briefe liest."
„Weißt du," sagte ich und war kribbelig vor Ärger, „Der Walter Klemp hat uns aber was ganz anderes erzählt."
„War der hier?"
„Ja, er wollte Borris was fragen, und hat gesagt, er habe dich im Wald suchen müssen, nachts. Mehr als einmal."
„Stimmt ja gar nicht, einmal — einmal war ich mit Robby Zwanzer und Rainer Mesek noch länger auf, aber wir haben uns bloß mit den Schlafsäcken ans Lagerfeuer gelegt, war unheimlich klasse. Da kommt der Dicke, nö, und macht Theater, was wir da noch zu suchen hätten, und ich überhaupt mit zwei Jungens, der Robby soll mal gefälligst das Feuer ausmachen und der Rainer und ich in die Zelte, ‚und dat mir jeder in sein's geht, klar?' Der Rainer wollte erst nicht, meinte, der Dicke hätte uns nichts zu befehlen, und wir machten ja auch nichts Schlimmes. Wir sind dann aber doch bald in die Zelte."
Ich sagte nichts mehr. Wenn Ulrike nicht die Wahrheit sagte, wenn sie log, dann konnte ich das im Grunde verstehn. Der Dicke, der mochte sie nicht leiden, klar, und ich, die Dorothee, sollte einen brauchbaren Eindruck von Molly behalten. Kontrollieren konnte ich sowieso nichts.
So schlimm, wie der Dicke alles machte, war es auch gar nicht gewesen.
Ich bin ganze drei Mal raus. Einmal ganz am Anfang mit Jan, aber da sind wir nur eine Runde im Wald gelaufen, bis zum Feriendorf und zurück, Jan wollte sowieso nichts mehr mit mir; ach was, das zählt nicht, das hat keiner gemerkt. Und dann mit Robby zusammen mal für 'ne Stunde oder so, der Gymnasiast war auch mit. Schlag drei Uhr nachts, auf'm Hochstand gesessen, gewartet, ob ein Hirsch kommt, kam aber keiner. Musik ganz leise, über den Bäumen konnte man Sterne sehn. Der Robby hat mir seine Baskenmütze aufgesetzt und mit mir an einer Zigarette geraucht. War irre gut, nur kalt. Das hat auch keiner rausgekriegt, Conny, Daggi und Uli schliefen, als ich wieder ins Zelt bin.

Oder? . . . Doch, der Robby hat was erzählt von wegen Ralf und dem Dicken, die hätten im Wald gesucht, aber zu mir hat keiner was gesagt.
Das war bloß an dem Abend mit dem Lagerfeuer, das hat den Dicken genervt.

13

„Wir müssen übers Wochenende weg," sagte Borris, „unsere Vermieter sind zur Zeit im Urlaub. . ."
„Hmhm," machte Ulrike und sah Borris an. Bisher waren Dorothee und Borris ja ganz o.k. gewesen, jeden Abend raus, . . . „mach das wie du denkst, du mußt schließlich am nächsten Tag früh raus und wirst schon merken, wenn du mehr Schlaf brauchst." Die Grauers waren besser als die Mischkes, in dieser Hinsicht jedenfalls. Die waren eben progressiver.
„Damit du nicht ganz allein bist, haben wir Freunden von uns Bescheid gesagt, die kommen heute abend und schlafen hier. Du brauchst dich nicht weiter um sie zu kümmern, sie kennen sich aus."
Na ja, also nicht allein im Haus. Das machten Grauers also doch nicht.
Als sie weg waren, drehte Ulrike erst mal den Plattenspieler voll auf, Zigarette, und das neueste Buch von Simmel, das hatte sie von einer Kollegin geschenkt bekommen. Noch bei Grabert, damals. Aber zum Lesen kam man ja nicht.
Jetzt auch nicht, denn erst mal mußte sie Haare waschen und duschen. Simmel weg, Zigarette aus und Badefest.
Das Wasser ganz heiß und so aufdrehn, daß es hart auf die Haut trommelt. Herrlich, unheimlich gut, ganz weg sein und alles wegspülen. Abtrocknen — Dorothee hatte ein ganz neues orangefarbenes Badetuch, das fühlte sich weich und flauschig an. Föhnen, Haare straff nach hinten kämmen, damit sie nachher in festen Zöpfen geflochten trocknen, das gibt krause Locken.
Im Bademantel saß Ulrike dann im Wohnzimmer, hörte Musik, rauchte und fing zum x-ten Mal an, den Simmel zu lesen.

Unten im Haus ging die Tür. Ob das die Freunde von Grauers waren? Und ich bin im Bademantel!
Es waren Peter und Marlis. Früher als erwartet.
„Tag," sagte Marlis, „du bist sicher Ulrike."
Marlis — lange blonde Haare, unwahrscheinlich dichtes Haar, blauweißkarierte Bluse, enge Jeans, barfuß, Holzschlappen. Peter im schwarzen Turnhemd, ein großer breiter Typ mit halblangen Haaren wie Rübezahl auf der Reklame für Kräuterlikör.
„Raucht ihr mit?" Ulrike überlegte gar nicht, ob sie ‚du' oder ‚Sie' sagen sollte.
„Nee, du, wir rauchen nicht. Was lieste denn da?"
Marlis setzte sich auf den Grauerschen Wohnzimmerteppich und Peter holte Eis aus dem Gefrierfach. Er kannte sich aus.
Die Türglocke ging.
„Das wird für mich sein," sagte Ulrike, aber Peter machte auf. Er brachte Robby mit und Rainer.
Rainer und Peter meinten, einander zu kennen, aber keiner wußte mehr woher.
Nach dem Eis hatten alle — außer Marlis — Durst auf ein Bier und Peter holte welches. Marlis trank Apfelsaft. „Ich schlaf' sonst gleich ein, ich vertrag keinen Alkohol."
Es klingelte nochmal und Renz stand unten.
„Mann, das paßt gut," sagte Ulrike. Diesmal war sie zur Tür. „Daß du ausgerechnet heute reinschaust, ist unheimlich prima, wir machen eine Fete." Renz gehörte nicht zur Clique, die mit in Erlau war. Ulrike hatte ihn neulich zufällig getroffen und ihm gesagt, „Komm doch mal bei Grauers vorbei, ich bin noch bis dann und dann dort."
Renz stand ein bißchen verlegen im verqualmten Wohnzimmer und sah rundum lauter Leute, die er nicht kannte. Ulrike stellte ihn den anderen vor und umgekehrt.
Als es dunkel wurde, machten sie Kerzen an, wirklich 1a Stimmung.
„Wie findest du es denn bei Mischkes?" fragte Marlis.
„Ich hab' praktisch nichts gewonnen," sagte Ulrike, „die lassen mich nur zweimal abends raus, nur bis Punkt zehn.

Wenn es später wird, schlagen sie Krach und so. Die sind auch mehr so konservativ, Heidi putzt immer ganz irre und räumt. Die fährt zweimal am Tag mit dem Staubsauger durch die Wohnung. Und die achten auch so auf Höflichkeit."
„Hmhm," sagte Marlis, „aber es war doch nett von ihnen, daß sie dich bei sich wohnen lassen, oder?"
„Doch, schon, die machen abends auch oft Gesellschaftsspiele mit mir und Heidi hat — also, als ich die Prüfung hatte, hat sie Kaffee gemacht und gefeiert und so."
„Wegen dem Ausgehn mußt du eben mit Mischkes sprechen, dann ändern sie vielleicht ihre Ansichten."
„Das hat keinen Zweck, hab' ich schon so und so oft versucht."
„Wie machen es denn Borris und Dorothee, wenn du hier wohnst?"
„Die lassen mich. Die fragen auch nicht, wo ich war und so. Ich muß nur pünktlich zur Arbeit sein, sonst kann ich ausgehn, wann ich will."
„Ich frag' Dorothee mal, ob sie nicht mit Heidi sprechen kann. Ich find' auch, daß du mehr frei haben solltest. Mischkes schränken dich zu stark ein," sagte Marlis.
„Ja? meinst du?"
„He, ihr alten Quasselstrippen," sagte Robby, „was haltet ihr davon, wenn einer was aus der ‚Futterkrippe' zum Essen holt?"
„Ja, gut, halten wir was von, nö, Marlis?"
„Wo sind die Leute mit dem Auto?" tönte Rainer.
„Hier," Peter hob die Hand, „ich hol was, wieviel wollt ihr denn und was?"
Man sammelte Geld ein und Peter holte Pommes frites, Schaschlik-Spieße und zwei halbe Hähnchen. Viel zu viel Zeug, aber es machte Spaß, aus den Papptellern zu essen. Musik, Gespräche, rauchen ... gegen drei Uhr morgens brachte Peter die Jungens nach Hause. Er, Marlis und Molly räumten noch auf, alles war so, als wohnten sie schon ewig zusammen, dabei waren Marlis und Peter auch schon um die zwanzig und im Grunde zu alt, um Freunde zu sein.

Die vierzehn Tage waren um, Mischkes zurück. Der Alltag hatte wieder angefangen.
„Kann ich heute ausnahmsweise raus?“ fragte Ulrike am Donnerstag. Sie war Montag und Mittwoch schon weggewesen, aber heute hatte Daggi Geburtstag, — kann ich doch nichts für, daß sie heute hat, und Marlis meinte ja auch, ich soll mir nicht alles gefallen lassen.
„Heute?“ sagte Gert Mischke und hatte im Moment ohnehin wenig Zeit. „Wieso denn? Du warst doch erst gestern bis elf Uhr weg, und du weißt genau, daß das schon über die vereinbarte Zeit hinausging.“
„Ich bin aber eingeladen, bei Henders zu Hause. Die Frau Henders, die kennen Sie doch, die macht doch in der Frauenhilfe mit.“
„Sprich mit Heidi,“ sagte Gert, „wenn sie es erlaubt, habe ich nichts dagegen, ich muß jetzt noch drei wichtige Telefonate führen, kann ich . . .“
Ulrike machte die Tür zu Gert Mischkes Arbeitszimmer zu. Heidi, frag' Heidi! Da kann ich gleich dableiben, die erlaubt es erst recht nicht, ich kenn' sie doch. —
Heidi erlaubte es tatsächlich nicht, weil, sagte sie, es bei Ulrike gestanden hätte, den gestrigen Abend gegen heute einzutauschen. Sehr pädagogisch, liebe Heidi, dachte Ulrike und hockte in ihrem Zimmer.
Sie wohnte seit den Ferien nicht mehr im oberen Stock. Mischkes hatten umgeräumt, weil Jochen das große Zimmer brauchte, jedenfalls sagten sie das.
„Außerdem ist es einfach zu laut, wenn du abends Musik hörst, wir können dann nebenan nicht schlafen; den Rauch riecht man übrigens auch. . .“
Na ja, wohnte sie eben unten, im sogenannten ‚Wartezimmer'. War aber ganz gemütlich. Demnächst wollte sie sich eigene Übergardinen nähen. Den Stoff hatte sie schon: Gelbbraun mit orange.
Die beiden Wecker — einer auf dem Nachttisch und einer auf dem Bücherbord über der Couch — tickten und zeigten halb acht. Zwei Wecker waren schon nötig, denn Ulrike

wurde morgens immer nur mit Mühe und Not wach. Also klingelten die Dinger nacheinander im Abstand von fünf Minuten. Das hatte sich bewährt.
Halb acht . . . halb . . .
Mischkes sind gemein. Nicht mal Musik hören mochte man, wenn die anderen alle bei Daggi hockten und feierten, und Molly war sogar echt eingeladen worden. Das heißt doch, daß ich zur Clique gehöre. Und das vermasseln mir die Mischkes.
Ulrike machte das Fenster auf und lehnte sich hinaus und wollte sich gerade eine Zigarette anzünden, da rastete es ein: Na klar, durch's Fenster! Hätte ich aber auch wirklich schon früher drauf kommen können!
Daß Mischkes es merken würden, war unwahrscheinlich. So von sich aus kam Heidi nie ins Zimmer, sie klopfte und — im Zweifelsfall schlaf' ich dann eben.
Vorsichtig war sie aber schon. Sie zog das Fenster von außen so weit zu, daß man nicht gleich sehn konnte, daß es nicht verriegelt war.
Die Mutter von Jan und Daggi war große Klasse. Sie erlaubte, daß man bis Mitternacht feierte. Leise, klar, wegen der Leute im Haus, aber auch wenn die mal meckerten, hielt Frau Henders immer zu den jungen Leuten und stritt sich mit den anderen rum.
Feten sind eigentlich immer gleich, aber man kann nie genug davon kriegen.
Molly und Robby waren seit der Freizeit fast befreundet. Es war zwar nie was abgesprochen worden, von wegen Treue und so, aber faktisch betrachteten die anderen sie als Pärchen.
Alles durcheinander trinken, bis man nicht mehr so ganz klar war, das gehörte auch zu einer Fete. Cola mit Schuß oder Gin Fiz,- oder Bier, Robby setzte Molly seine Baskenmütze auf und rückte sie immer wieder anders hin. „So bist du süüüß, Molly, . . . und so erst!"
Jan und Conny gingen immer noch miteinander, klar, daß Conny irgendwie zwischen seine Arme und Beine geschlun-

gen saß oder halb lag. Man hockte sowieso auf dem Fußboden.
„Ich geh' noch mit rein," sagte Robby, als er Molly nach Hause gebracht hatte.
„Tsch! Wenn die Mischkes noch wach sind, ich bin doch ..."
„Laß mal die Muschkes oder wie die heißen," sagte Robby und war eben auch nicht mehr ganz klar, „die sch-schlafen selig und süüüß, süüüüße Molly."
Es war herrlich, den Schwips zu genießen, ihn zu übertreiben und sich hineinzusteigern, herrlich, und alle Sterne über Mischkes Hausdach drehten sich, und der Mond kullerte herum wie ein Kullerpfirsich, und Robby war so niedlich, und das Fenster lag so irrsinnig günstig, einfach umwerfend. Man brauchte sich nur durchzukullern und landete genau auf Ulrikes Couch, die Couch stand auch so extrem günstig unterm Fenster.
Irgendwann, als die Sterne schon langsamer übers Hausdach segelten und der Mond sich vorsichtiger drehte, kletterte Robby Zwanzer wieder aus dem günstigen Fenster. Es sah ihn kein Mensch, nachts um drei ging auch wirklich keiner mehr in dieser vornehmen Gärtchenlandschaft spazieren.

14

Mollys Ruf stieg. Conny bekam den Mund nicht mehr zu. Sie hatte zwar die fortschrittlichsten Eltern, aber mitten in der Nacht einen Jungen mit ins Zimmer nehmen, das konnte sie sich niemals erlauben.

Molly dagegen... „Mann, die ist doch keinem verantwortlich," sagte Robby Zwanzer zu Jan und Daggi, „Die Molly ist ideal."

„Findest du das auch, Jan?" wollte Daggi wissen.

„Weiß ich nicht, sie ist schon nett und kameradschaftlich ist sie auch." Jan dachte an den Nachmittag in Erlau-Zwiesel, und er schämte sich immer noch. Ein paar Wochen lang hätte er Molly schon die Freundschaft halten können.

Daggi sah Jan an, wie Schwestern manchmal ihre Brüder ansehn: so bescheuert überlegen, daß einem schlechtwerden konnte. Natürlich erzählte Daggi auch Molly von dem Gespräch mit Jan und Robby.

„Du bist schwer in Kurs," sagte Daggi am Dienstag nach der Fete in der Disco. Dienstags war seit neuestem Disco im Jugendheim, und Ulrike hatte einen ihrer beiden Ausgehtage jetzt auf Dienstag verlegt.

„Wieso das denn?"

„Jan und Robby sprachen von dir, und mein liebes Brüderchen kriegt schon Stielaugen, das kann er nur vor sich selber noch nicht zugeben."

„Wie? ich versteh das nicht."

„Na, Mensch, Robby macht doch Reklame für dich, seit ihr beide an meinem Geburtstag noch bei dir rein seid. Das kann sich doch von uns anderen keine leisten, abgesehen davon ... aber das ist deine Sache."

„Da war aber doch gar nichts weiter," sagte Ulrike, „was erzählt der Robby denn, was wir gemacht haben?"

„Nichts, eben bloß, daß er mit rein ist und ihr beide schon nicht mehr so ganz astrein wart. . ."
„Und mehr war auch nicht, kannste den anderen ruhig sagen."
„Ist doch nicht mein Bier," sagte Daggi und ließ Molly stehn, weil gerade ein neues Band mit Musik eingespielt wurde.
Molly blieb zwar nicht stehn, aber sie ging auch nicht zu den anderen zurück, sie ging nach Hause, ach was, zu Mischkes, in ihr Zimmer, dahin, wo sie eben zur Zeit wohnte, zu Hause war sie ja doch nirgends, sie gehörte eben nirgends richtig hin.
Mit Robby ist Schluß, das ist klar. Erzählt der überall herum, wir hätten weiß was miteinander, daß man bei mir jederzeit nachts ins Fenster steigen kann.
Ulrike war noch nicht über die Straße vorm Jugendheim, da holte Renz sie ein.
„Wo kommst'n du her?"
„Disco, genau wie ihr, hast mich nicht gesehn?"
„Nö."
„Warum gehst du schon? Ist doch erst halb neun."
„Ach, laß mich in Ruhe."
„Kann ich dich heimbringen?"
„Ja, kannst du, Ist mir egal, also, komm schon."
Renz kam dann aber doch auf einen Sprung mit rein. In Gert Mischkes Arbeitszimmer brannte noch Licht. Ulrike sprach deshalb absichtlich ganz normal laut im Flur. „Wartest du bitte in meinem Zimmer, ich hol nur Gläser für uns."
Renz setzte sich auf die Couch und schob das Federbett ein wenig beiseite. In der Ecke neben dem Schrank standen mehrere Flaschen. Bier war keines mehr da, aber ein Rest Selters, etwas Cola. „Nee, kann man nicht mehr trinken. Die Flasche war offen. Was hab ich denn noch — magst du einen Cognac?"
„Hast du?"
„Im Schrank unten drin. Daß ich was Scharfes hab', dürfen die doch nicht sehn."

Und weiter nichts. . . „War gut neulich bei Grauers," . . . „Hmhm."
„Magst du noch eine rauchen?"
„Nimm von meinen, du hast ja nur noch zwei drin."
Sonst — es gab einfach nichts zu sagen.
Wahrscheinlich fand Gert gerade die Stille verdächtig. Jedenfalls klopfte er gegen zehn Uhr, es sei Zeit, den Besuch zur Tür zu bringen.
„Ja, ist gut," rief Ulrike und machte nicht auf. Soll der ruhig denken, was er will!
Um halb elf ging Renz. Er schaute noch ein bißchen: Na? Meinst du nicht, wir könnten zusammen gehn? Aber er sagte nichts, das hätte auch gar nicht zu Renz gepaßt, und Molly mit ihrer Wut auf Robby und die anderen hatte kein bißchen Lust zu reagieren.
Robby und die anderen.
Es war wieder da, das Gefühl von vorhin, ehe Renz sie auf der Straße eingeholt hatte. Unheimliche Wut auf die ganze Clique. Da schaut echt jeder dem anderen in den Suppentopf. Da kommt doch nichts mehr bei raus. Jeder Junge probiert jedes Mädchen und umgekehrt. Jeder war schon mal mit jedem befreundet, da weiß man einfach zuviel voneinander.
Aber es nützte nichts, daß sie sich das klarmachte. Robby hatte einfach nicht das Recht, solches Zeug zu verbraten. Oder — oder war es, weil Jan mehr über sie wußte? Weil mit Jan eben was gewesen war? Und wenn der auch mit den anderen über sie sprach! Hatte er ja schon gemacht. Hatte er in Erlau gemacht. Schluß, Schluß, Schluß. Ich steigere mich da nicht weiter rein. Ich geh' einfach nicht mehr in die Disco. Treff diese Leute nicht mehr. Brauch' ich doch nicht. Und wen hab ich, der mal mit mir redet? Marion, die war eigentlich nett, hab' ich aber keinen Kontakt mehr zu. Im Grunde war die nett. . . Mischkes — die sind genauso falsch wie die Jungs von der Clique, tun freundlich und erzählen dem Dicken und Grauers, was sie an mir nicht leiden können. Überhaupt, überhaupt, überhaupt.

Renz, der soll doch schaun, wo er bleibt, der kommt mit sich selber nicht klar. Ich brauch' wen, der ... ach was, ich brauch' keinen.
Ulrike legte eine neue Platte auf. Der Plattenspieler war neu, oder jedenfalls hatte sie ihn neu: Geschenk von Grauers, deren alter, war nicht mehr der beste, aber laute Musik ging hier sowieso nicht. Die Platte drehte sich langsam. Ulrike mußte die Nadel von Hand aufsetzen, aber dann schwenkte sie doch den Plattenarm zurück und horchte.
Jemand pfiff vor dem Fenster: Dreimal Kuckuck. Das waren die. In Erlau hatten sie einander auch immer so gepfiffen, wenn man sich bei einer Waldwanderung verständigen wollte, oder einander suchte.
Kuckuck, Kuckuck, Kuckuck.
Ulrike rührte sich nicht. Ein kleiner Stein klickte gegen die Fensterscheibe.
Also machte sie das Fenster auf. Klar, die halbe Clique stand unten. Daggi, Robby, Rainer, Uli Mander, Heri, auch Luki, Jan und Conny, die ganzen Typen.
„Was wollt ihr denn?"
„Los, komm mit, wir machen Nachfeier."
„Wovon denn, Nach —?
„Einfach nach — bei Conny sind die Eltern weg bis morgen noch."
„Ich kann nicht —"
Trotzdem kletterte Ulrike - Molly aus dem Fenster und ging mit.
„Was Robby gefaselt hat, war unfair, mach' dir nichts draus, es reut ihn schon," sagte Rainer unterwegs.
Die Nachfeier, von der niemand wußte, was genau nachgefeiert wurde, machte mächtig Spaß.

15

Natürlich platzte das Ganze mal. Es mußte ja so kommen: Im Grunde passierte es schon an dem Abend, als Heidi Ulrike bat, auf Jochen aufzupassen.
„Du mußt eigentlich nur da sein, weiter nichts, Jochen schläft ja ab sieben, aber wir wollen ihn nicht ganz allein im Haus lassen."
„Ja, ist gut."
Die Mischkes hatten so eine der üblichen Verpflichtungen unter Kollegen: Geburtstag, sechzigster Geburtstag in der Nachbargemeinde.
Sie fuhren also ab, Jochen schlief, und Ulrike hockte öde herum.
Es war November. Seit September etwa ging Ulrike regelmäßig ins Jugendforum. Das kirchliche Jugendheim — Ach du liebe Zeit, wen traf man denn da schon. Solche ausgemachten Kinder wie die Clique, mit der sie in Erlau war. Im Forum liefen bessere Typen rum, Leute, mit denen man was anfagen konnte, mit denen man diskutieren konnte und so.
Und ausgerechnet heute mußte sie Babysitter spielen. Dabei war es durchaus möglich, daß der neue, der hieß Manfred oder so ähnlich, wieder aufkreuzte. Besonders sah der nicht aus, groß eben, aber der hatte was los, fast mein Idealtyp, und ich hocke hier, man ödet sich ja selber an.
Es ging schon fast automatisch: Mantel an, Tasche, horchen, ob der Jochen auch wirklich schläft, aber der schläft immer, der wird schon nicht ausgerechnet heute. . . Den Bus erwischen und Glück haben, daß der ‚Neue' auch da ist.
Mischkes kamen aber schon früher heim, schauten ins Wohnzimmer, schauten in Ulrikes Zimmer, schauten bei Jochen nach — der Tanz ging los.

Von da an war kaum mehr was zu kitten.
Heidi sprach nicht mehr mit ihr, Gert nur noch das Nötigste.
Die Stimmung war zum Schneiden.
In der Apotheke war die Chefin nervös, nörgelte dauernd, wenn man mal eine rauchte, und anfangs hatte sie es erlaubt und sogar mit allen Kaffee getrunken und Kuchen spendiert. Die Apotheke in Duisburg war die dritte Stelle, die zweite nach dem Examen, und anfangs wirklich besser, als bei Grabert und im Alpha-Haus.
„Die nörgelt nur noch," sagte Ulrike zu Dorothee Grauer.
Mit Grauers konnte man wenigstens noch reden.
„Ja, weißt du, deine Chefin erwartet eben, daß du von selbst weißt, was zu arbeiten ist."
„Anfangs war die so prima."
„Vielleicht hast du dich anfangs auch mehr zusammengenommen?"
Nein, im Grunde konnte man auch mit Grauers nicht mehr reden, die verstanden einen auch nicht.
Das mit dem irren Typ, dem Manfred, hatte bisher auch nicht geklappt, und draußen war mieser Nebel und ganz graue Novemberstimmung, und überhaupt.
Ulrike bekam erst mal Fieber und Husten und Schnupfen und Kopfschmerzen und legte sich ins Bett.
Heidi Mischke nahm ihre ganze Christlichkeit zusammen und pflegte Ulrike eine halbe Woche lang und sprach sogar das Nötigste mit ihr.
Aber es war kein Zustand mehr auf die Dauer.
Gert und Borris berieten, und Borris meinte, man könne ja versuchen, ob die vom Jugendamt nicht doch was für Ulrike fänden.
„Im Februar war sie siebzehn, da kann sie vielleicht doch ein eigenes Zimmer bekommen."
„Ein eigenes Zimmer?" sagte ich, „Macht das bloß nicht. Ulrike kann ein Zimmer gar nicht wohnlich halten und sie wird sich so ganz allein auch nicht wohlfühlen."
Das stimme zwar, sagten die anderen, aber sie hatten die Nase voll und es gab eben keine andere Lösung.

„Wir können die Verantwortung für sie nicht mehr übernehmen," sagte Gert, „Heidi ist nervlich fertig."
Ich konnte Heidi verstehn. Ulrikes Art, mit den Sachen anderer umzugehn, konnte einen zum Platzen bringen. Es waren immer nur Kleinigkeiten, aber die alle zusammen und jeden Tag, das machte einen mürbe. Sie ließ die Kaffeedose offen, wenn sie sich morgens Kaffee machte, und wenn sie gegessen hatte, blieb alles stehn und liegen. Ihre Platten türmten sich auf unserem Plattenspieler, und bevor man sich im Wohnzimmer irgendwo hinsetzen konnte, mußte man erst Wollreste und Häkelnadel oder einen übervollen Aschenbecher wegräumen, aber wie gesagt, bei uns wohnte sie ja nur ab und zu, bei Mischkes. . .
Ach was, im Grunde wäre das alles zu ertragen gewesen, schlimm war, daß Ulrike keinem von uns mehr die Wahrheit sagte.
Schlimm, verständlich, von ihr aus gesehen, denn sie konnte Erwachsenen einfach nicht über den Weg trauen, das schaffte sie gar nicht, und wir schafften es mit ihr nicht.
Es war alles kaputt.
Frau Schwarzbach arbeitete nicht mehr im hiesigen Jugendamt. Gert und Borris verhandelten jetzt mit einer Dame im mittleren Alter. Sie hatte keine Ahnung, aber sie verstand die jungen Leute. Immerhin etwas. Sie sagte, die jungen Leute brauchen eben Freiheit, sie wolle eine Wohnung für Ulrike suchen, und bis dahin zog Ulrike eben nochmal zu uns. Mischkes machten sowieso noch ein paar Tage Winterurlaub, und erst mal war es besser, wenn Heidi Ulrike nicht andauernd um sich haben mußte.
Aber es ging auch bei uns nicht.
Ulrike hatte sich angewöhnt, jeden Typ, den sie kennenlernte, mit auf ihr Zimmer zu nehmen.
Ich hatte mich bisher immer auf Ulrikes Seite gestellt, es gut gefunden, daß sie mehrere Freunde hatte, sich nicht sofort auf den nächstbesten festlegte, und ich fand Heidis Ansichten über dieses Thema — ehrlich gesagt — ein bißchen spießig. Heidi fand eben, Ulrike solle sich einen Freund zu-

legen, und dann mit ihm durch dick und dünn gehen. Schon richtig, aber erst mußte sie ja einen solchen Jungen kennenlernen, er mußte sich in sie verlieben und umgekehrt. Das ergibt sich doch, wenn überhaupt, aus dem Kontakt mit vielen Leuten und Ulrike — fand ich — war noch gar nicht in der Lage, eine intensive Freundschaft durchzuhalten. Na ja.

In der Zeit, die wir jetzt zusammen wohnten, änderte sich manches.

Da war so ein Mittwoch. Ich hatte drei meiner Kollegen zu einer Art Arbeitsbesprechung eingeladen — ein bißchen privater Rahmen — Tee, Kekse, Glühwein — aber hauptsächlich Schulprobleme.

Davi schlief schon um sieben. Ich legte großen Wert darauf, daß er schon schlief, wenn er merkt, daß wir Besuch erwarten, kommt er gern aus seinem Zimmer gelaufen und setzt sich zu uns. Bei Freunden ist das egal, aber vor den Kollegen — alle Mittelalter — wäre es mir peinlich gewesen. Ich weiß doch, wie die über Leute wie mich denken: „Will Erzieher sein, und das eigne Blag tanzt ihr auf dem Kopf herum. Diese linken Leute!"

Wie gesagt, Davi schlief. Ich hatte unsere quadratischen Sitzkissen zu einem Sofa und zwei bequemen Sesseln geschichtet — das kann man nämlich auch, den kleinen Tisch aus Davis Spielzimmer mit einer Decke drüber dazwischen gestellt. Kerze drauf, ein Blumengesteck. Doch . . . sah alles einigermaßen aus für einen offiziellen Empfang.

Manchen Leuten macht es ja wenig oder gar nichts aus, was andere über sie denken. Borris ist da auch unempfindlicher und stempelt ‚konservative Knochen' auch als solche ab. Ich seh' eben mehr die Menschen in anderen Leuten, und wenn sie nicht verstehen können, warum ich etwas so mache und nicht so, wie sie es für richtig halten, dann versuche ich, sie nicht übermäßig zu schocken.

Daran dachte ich auch an jenem Mittwoch. Ich war entsprechend kribbelig, legte gerade Lebkuchen und Dominosteine in eine Holzschale und, das war es eben: kümmerte mich um die Türglocke, die pausenlos ging. Erst war Ulrike selber dran, ließ irgendwelche Leute rein. Dann kam die Bühnow, meine Kollegin, bewunderte übertrieben freundlich unseren legeren Lebensstil, setzte sich, bekam ihren Tee, und von da an hatte die Türglocke Dauerkontakt. Es war zum Wahnsinnigwerden.

Ulrikes ‚gute Kumpels', wie sie alle Freunde nannte, mit denen sie ‚nur so' ging, strömten in unsere Wohnung, als hätten wir ein Bierzelt.

Was derart viele Jungens bei ihr wollten, war mir auch an normalen Tagen nie ganz klar geworden. Molly — den Namen hatten die neuen Freunde übernommen. Molly ist zwar ein nettes Mädchen, auch sexy, kein Spielverderber, was nächtliche Feten betrifft, aber geistreiche Diskussionen sind nicht ihre Stärke, und die neuen Kumpels waren fast alle Gymnasiasten. Aber vielleicht wollten sie gar nicht diskutieren, kann ja sein.

Jedenfalls, an jenem Mittwoch wurde ich immer saurer und es fiel mir schwer, für diese Herren die Tür aufzumachen.

„Ist Molly da?" „Ist sie da?" „Sind die andern schon drin?"

Zum Donner, das Gästezimmer war schließlich ein schmaler Schlauch und keine Aula. Na, egal, wie und wo sie sitzen, wenn sie nur erst mal alle drin sind.

„Seid ihr bitte leise im Flur, Davi schläft und ich habe selbst Besuch."

Ich dachte plötzlich an das, was Gert Mischke von Ulrikes Geburtstagsfeier erzählt hatte.

Von Ulrike kannte ich eine andere Version und die hatte ich bisher auch geglaubt. Mischkes waren offensichtlich schon verbürgerlicht; das machte eben der Pfarrberuf.

Aber wenn das so war. . .

Gert hatte gesagt, es seien so viele Leute in Ulrikes Zimmer gesessen, daß man die Tür nicht mehr aufgekriegt hätte. Ihm sei es zwar im Prinzip egal, was Ulrike mache, aber das sei doch einfach zuviel gewesen, alle paar Minuten einer zur Toilette, Tür auf, Tür zu. . .

Und das heute noch mal, dazwischen lautes Gelächter, ist ja schön, wenn andere lustig sind, aber bitte nicht, wenn ich

mit höflichen Kollegen schwierige Sachen durchsprechen muß.
Tür auf, Tür zu, Ulrike war damals siebzehn geworden, Rauchschwaden ins Treppenhaus von Mischkes, nach einer Stunde, sagte Gert, seien alle blau gewesen — na, das glaub' ich nicht; dann schon eher, daß sie gekifft haben.
Ich nehme an, daß die Geburtstagsparty bei Mischkes darum soviel Zulauf hatte, daß überhaupt ein Grund für Ulrikes sagenhafte Beliebtheit da liegt: sie hat leichter als andre Zugang zu Drogen und sowas, schließlich arbeitet sie in einer Apotheke.
Ich hab erst neulich gehört, daß sie an verschiedene junge Leute Drogen verteilt haben soll. Ob es stimmt, kann ich nicht nachprüfen.
Mischkes dachten, sie hätten einfach zuviel getrunken, und Ulrike auch, sie war nämlich nach einer halben Stunde eingeschlafen, lag irgendwo zwischen Armen und Beinen ihrer Freunde und Freundinnen, die Feier ging über sie weg, das Gelächter, der Spaß, ihr siebzehnter Geburtstag.
Sie merkte auch gar nicht, daß Mischkes reinkamen, stocksauer alle beide.
Sie standen zwischen Knien und Füßen, Köpfen, Körpern und den verwunderten Gesichtern der Geburtstagsgäste und sagten, es sei jetzt an der Zeit, daß alle nach Hause gingen.
Ulrikes Variante war, daß Mischkes einfach ohne echten Grund Krach geschlagen hätten, daß sie nervös geworden seien, bloß weil es ein bißchen laut war.
„Das Haus ist viel zu hellhörig," sagte Ulrike. Sie versuchte sogar, Mischkes zu verstehen, und Mischkes sagten, es hätte ihnen leid getan um Ulrike.
„Die wußte ja gar nicht, daß so viele Leute kommen würden," sagte Gert, „Aber jeder, der kam, brachte noch einen mit."
Und jetzt, bei uns? Mal abgesehen davon, ob Drogen oder nicht. Nur mal das: Molly hatte mit keinem Wort gesagt, daß heute jemand käme. Sie hätte fragen können, oder doch

wenigstens andeuten, oder sagen: „Du, Dorothee, heute kommt der und der und vielleicht auch noch der."
Dann hätte ich sagen können, daß es mir leid tue, aber heute müsse sie mit dem und dem und dem anderen in eine Pinte oder ins Forum oder sonstwohin ausweichen, weil ich unsere Wohnung selber brauche und außerdem Ruhe.
Aber nichts — Ulrike hat das ja nicht nötig.
Ich mit der Bühnow, der Selbig und den Raumann im Wohnzimmer. Borris war nicht da. Im Flur das Hin und Her, dazwischen Ulrike: „Mensch, Leute, leise sein!" Aber das war fast noch lauter.
Davi kam an. Bloßfüßig. Er rieb sich die Augen und kletterte auf meinen Schoß. Ich hatte ja gewußt, daß es dazu kommen würde. Diese dämliche Ulrike! Ich regte mich maßlos auf und konnte es nicht mal rauslassen.
Dann tauchte Borris auf, früher als erwartet, brachte Davi ins Bett zurück und half dem Abend über die Runden.
Als unsere Gäste gegangen waren, machten wir es wie Mischkes — oder jedenfalls sehr ähnlich.
„Wir müssen es ihr vor ihren Freunden sagen."
„Warum denn? Das ist ihr doch bloß peinlich," fand ich.
„Aber sie sind ihre Familie, diese Freunde. Von ihnen läßt sie sich was sagen; was die machen, tut sie auch."
„Du meinst, die sind dann vielleicht unserer Ansicht?"
„Nicht unbedingt, aber sie und Ulrike können hinterher über unser Gespräch reden. Wenn wir Ulrike allein rausholen, beklagt sie sich nur bei den anderen, und es nützt gar nichts."
Wir klopften und standen sauer und spießig in der Tür, genau wie Mischkes an Ulrikes Geburtstag.
Im ‚Schlauch' war es fast finster, rauchig, eine einzige Kerze an, leise Musik von Ulrikes Tonbandgerät (das hatte sie erst kürzlich von einem der Typen geschenkt bekommen, so ein altes zusammengebasteltes.)
Sie saßen auf dem Bett, auf dem Fußboden, auf dem Arbeitsbrett unterm Fenster.
Borris knipste Licht an.

Ulrike blinzelte und schaute in unsere verärgerten Gesichter. Sie war erschrocken. Wir spürten alle, was gleich kommen würde.
Unsere Ansprache: „Wir finden es nicht fair, daß du uns nicht informiert hast, ihr habt mit eurem Fest hier fast die Arbeitsbesprechung von Dorothee und ihren Kollegen blokkiert, wir erwarten nichts Unmögliches, aber ein Mindestmaß an Absprache müßten wir doch treffen können, damit solche Pannen in Zukunft nicht mehr passieren, siehst du das ein?" Sie hörten zu, hatten die Köpfe nach unten, rauchten weiter. Das Mädchen mit Freund, das ich nicht kannte, sah uns an. Ulrike hockte auf dem Fußboden, alles, Wut, Angst, Erschrockensein; Ihr dürft mich nicht verstoßen!
Sie drehte sich plötzlich von uns weg, saß mit dem Rücken zu uns.
Die Jungens, die Borris zum Teil kannte, stimmten uns zu, sagten, sie hätten nicht gewußt, daß Molly uns praktisch überrumpelt hätte, es täte ihnen leid, sie wollten auch alle gehn.
Molly drehte sich noch einmal rasch zu uns um. Ihr Gesicht war verheult, nasse Backen, als hätte sie nicht nur ein paar Sekunden geweint.
„Ich hab's doch gesagt."
„Nein, Ulrike, hast du eben nicht, das ist es ja. Ich hätte sonst gleich klargestellt, daß es nicht gehn würde. Du bist doch auch nur zu Besuch, du wohnst mitten in unserer Wohnung. So kannst du einfach nicht. . ."
Molly hatte Schneckenspuren auf den Backen und war wieder das kleine Mädchen aus dem Heim, völlig aufgelöst und durcheinander, sie hatte doch nichts getan, und trotzdem waren alle böse auf sie, keiner wollte sie haben, und wenn sie aus dem großen Spielraum weglief in die Küche zu Heiner, dem freundlichen jungen Koch, (daß er Heiner heißt, denke ich mir aus, denn ein so netter junger Koch, der zu Hause eine rundliche blonde Frau hat und ein dickes, schwarzäugiges Baby, der kann eigentlich nur Heiner heißen, finde ich), wenn Ulrike zu Heiner lief, sich von ihm auf

den Arm nehmen ließ und mit Pudding oder Erdbeermarmelade füttern, dann standen sie gleich in der Küchentür und machten saure Gesichter, die Schwester Luise und die Tante Susanne mit ihren weißen Schürzen. Sie hoben den Zeigefinger, den man den ‚moralischen' nennt und sagten: „Da bist du? Bist du wieder weggelaufen? Du! Du! das darfst du doch nicht! Du spielst da, wo die anderen Kinder auch spielen!" Immer steht wer in der Tür und hat was dagegen.

Hinterher sagten ihre Freunde, Grauers hätten das klasse gemacht, so vor allen, und nicht Ulrike allein verdonnert. Ulrike fand es auch richtig, wie wir uns verhalten hatten. Borris hat gewonnen mit seiner Taktik. Ich hab mit gewonnen, trotzdem habe ich ein schlechtes Gewissen.
Warum habe ich nicht einfach trotz meiner Kollegen zu Ulrike gehalten? Es kann mir doch egal sein, was die Selbig und die Bühnow und der Raumann von mir als Erzieherin halten, was sie über den Lärm in unserer Wohnung denken und über Davi.
Es hätte mir egal sein sollen, dann wäre was gewonnen.

16

Am Dienstagabend sagte Ulrike, sie wolle über Nacht wegbleiben.
„Bei Hofguts sind die Eltern nicht zu Hause, du kennst den Rolf Hofgut, er war neulich mit hier."
Ich badete Davi. Ulrike hatte sich auf den Rand der Badewanne gesetzt. Ich ließ ein Schiff im Wasser fahren und ahmte die Geräusche eines Schiffsmotors nach.
Ob die überhaupt zuhört? Seit dem Abend neulich, ist das mit Dorothee auch nicht mehr das Wahre.
„Hmhm," ich sah nicht auf, „ich sprech' mal mit Borris."
„Die wohnen am Rhein, die Hofguts, so ein altes Haus, wir machen im Keller Matratzenparty. Den Rolf kenne ich vom Jugendforum. Der geht ins Albert-Einstein-Gymnasium."
„Gehst du eigentlich nicht mehr ins Jugendheim an Mischkes Kirche?" Wir sagten immer ‚Mischkes Kirche', obwohl da mehrere Pfarrer sind, aber wir kennen nur Mischkes.
„Nö, geh' ich nicht mehr," sagte Ulrike, „die Leute dort, die passen nicht mehr zu mir. Im Forum sind alle erwachsener, ich weiß auch nicht, ich passe besser zu denen. . . Der Rolf ist da für die Anschaffung von Schallplatten verantwortlich. Ich mach' da auch mit in der Basisgruppe Musik, so heißt die Arbeitsgruppe."
Man erzählt auch Müttern immer möglichst viele Einzelheiten, wenn man sie ablenken will. Immer schön viel Unwichtiges erzählen und so tun, als sei das alles.
Ich sagte: „Hmhm," hob Davi auf die Wickelkommode und rubbelte ihn mit einem Frotteetuch ab.
Davi kicherte und zappelte, schlang die Arme um meinen Hals.
„Ulrike hol mein Schiff!"
Sie nahm es aus dem Wasser, schüttelte die Tropfen ab

und gab es Davi. Der sagte: „Danke, bist lieb, Ulrike“ und hatte seine netten fünf Minuten.
„Heute abend gehn nur echt gute Typen mit, Klaus Wienert ist auch dabei, den hast du auch schon kennengelernt, das ist der. . .“
„Weißt du, ich kenn' wirklich nicht mehr alle. Du hast inzwischen so viele Bekannte, da blick' ich einfach nicht mehr durch, aber die meisten finde ich nett, das stimmt schon.“
„Hört auf,“ sagte Davi, „Mach' Motor, Dorothee!“
„Gleich, Davi, aber weißt du, Ulrike und ich müssen was besprechen. Schlüpf mal hier rein.“ Ich hielt Davi eine Schlafanzughose hin und hatte das eine Hosenbein mit den Händen aufgeriffelt. Davi steckte den Fuß durch.
„Ich bin mir eben nie ganz drüber im Klaren, ob ich dir was erlauben kann oder nicht; du willst über Nacht bleiben — dann bleib' eben. Schau mal, wenn ich sage, du sollst besser um eine bestimmte Zeit wieder hier sein, dann würdest du es ja doch nicht machen.“
„Wieso? Dann komm ich wohl.“
„Bei Mischkes hast du es ja auch nicht gemacht.“
Ulrike sah mich an. Jetzt war es auch zwischen uns, das was man nicht Ärger nennen kann, jedenfalls nicht von Ulrike aus gesehen.
Eine Wand ist es, eine Glaswand — Dorothee auf der einen und Ulrike auf der anderen Seite und man hört keinen Ton durch, man sieht einander, das ist aber auch alles.
Dorothee war eben auch nicht besser als Heidi Mischke.
„Tschüß, ich geh' dann.“ Ulrike rauschte ab. Sie machte die Tür zwischen sich und Dorothee zu. Das war gut. Tür zu und weg von denen.
In ihrem Zimmer zog Ulrike sich um. Andrer Pulli, ein bißchen Hautcreme, bloß nicht schminken. Paßt nicht zu mir, bin ich kein Typ für. —
„Ulrike?“ — Dorothee. Ulrike mit der Cremedose in der Hand sagte nicht: „Komm rein,“ oder: „Was ist?“ oder: „Ja?“
Sie schaute nur.

„Wie machst du's morgen? Gehst du gleich von — wie heißen sie? — aus zur Apotheke oder kommst du erst vorbei?"
Dorothee kam von sich aus ins Zimmer, Davi auf dem Arm, seine Haare waren noch feucht vom Baden.
„Ich geh' gleich durch."
„Aber du gehst doch, kann ich mich drauf verlassen?"
Das ist echt zuviel. Echt. Ob ich gehe oder bleibe, mit wem ich mich treffe, das ist ausschließlich meine Sache, klar? Aber Ulrike stand nur und hielt immer noch die Dose in der Hand und sagte nichts. Dorothee machte die Tür zu und brachte wahrscheinlich Davi ins Bett oder sowas.
Als Ulrike fertig war und schon im Flur und fast weg, kam Dorothee ihr nach, eine Flasche Cognac in der Hand.
„Viel Spaß bei eurem Fest, ich hab' das nicht so gemeint, wirklich nicht, ich weiß bloß einfach nicht mehr, was ich dir glauben kann und was nicht."
Ulrike steckte die Flasche ein. Die Fete bei Hofguts dauerte nur bis elf Uhr, dann kamen die Eltern aus dem Theater zurück.
Ja, ja, ja, ich habe Dorothee nicht die Wahrheit gesagt, na und? Die braucht das doch nicht zu wissen; früher hätte sie auch nicht gefragt. Wenn sie fragt, ist sie selber schuld.
Klaus Wienert, ein Typ mit schulterlangen blonden Haaren, schmale Nase, graublaue Augen, war mit bei Hofguts. Er und Molly hatten abgemacht, nachher noch zu Klaus zu gehn, ein paar von den anderen kamen auch mit. Bei Klaus konnte man durchmachen.
Die Eltern von Rolf Hofgut schauten gegen elf kurz in den Partykeller, lachten, weil alle Gäste zufrieden, verräuchert und im Dunst und rotem Licht kaum zu erkennen waren, dann sagte Herr Hofgut, sie sollten dann so allmählich zum Ende des Festes kommen.
... „Und wenn's am schönsten ist, dann muß man wieder gehn..." zitierte Frau Hofgut. Sie war noch im ‚kleinen Schwarzen' mit Perlenkette.
Rolf durfte die Einladung überhaupt nur machen, weil seine

Eltern an dem Abend weg waren. „Denen geht der Lärm sonst zu sehr auf die Nerven."
Klaus' Mutter war verreist. Das stimmt wirklich, liebe Dorothee, so ganz gelogen hab' ich doch nicht, nur, alles genau erzählen, wieso und warum, das ist zu umständlich.
Klaus war einziger Sohn. Kein Vater, eben nur die Mutter. Von Beruf war sie Großhandelskaufmann.
Klaus hatte unterwegs den Arm um Mollys Schultern, Manfred und Heinz kamen ein paar Schritte hinterher, Petra in der Mitte.
Petra war ganz nett. Ein andrer Typ als Molly, klar, viel mehr auf Konsum aus, modische Kleidung und so. Pulli, Hose, Socken und Handtasche, alles mußte passen. Boutique-Stil. Petra ging oft zum Friseur, färbte auch die Haare rötlich. Zu Ulrike sagte sie schon mal: „Du, deine Schuhe passen aber nicht zum Pulli."
Dabei ist mir das ganz egal, dachte Ulrike. Mein Stil ist leger. Man kann sich ja verrückt machen lassen vor lauter Konsum.
Klaus hielt Ulrike im Arm, als sei sie ein Stück in ihn hineingewachsen.
Die Wohnung von Wienerts lag ganz oben in einem dieser Betonklötze am Rhein. Mit dem Aufzug rauf — die Gänge führten außen entlang wie Balkone. Winziger Flur, gleich rechts die Küche, geradeaus das Wohnzimmer, daneben zwei kleine Räume, einer für Klaus, einer für seine Mutter. Die Grauersche Wohnung war ein Schloß dagegen, von Mischkes Haus ganz zu schweigen, aber dieses hier hatten sie heute nacht für sich.
Klaus knipste überall Licht an, riß die Tür vom Kühlschrank auf und stellte auf den Küchentisch, was er fand: Drei Flaschen scharfe Sachen, jede Menge Bier, eine Dose Fisch, Eier, Reste von Kartoffelsalat.
Molly und Petra machten eine Art Imbiß zurecht.
„Zuhause durfte ich das nie allein machen, immer nur den Tisch decken oder spülen, nie was allein kochen."
Die Mädchen überwachten die Eier; flaumenweich sollten

die werden. „Exakt. Könnt ihr das?“ hatte Klaus gesagt und Molly übers Haar gestreichelt.
O je, Klaus, laß das doch. Du bist wieder genau der Typ, mit dem ich nicht kann.
„Der Klaus mag dich gut leiden,“ sagte Petra, „ich wär da vorsichtig.“
„Ja, der schaut mich immer so von der Seite an, wenn ich mit wem anders spreche,“ sagte Molly.
Dann waren die Eier flaumenweich. Ein Teller für jeden, Kartoffelsalat drauf. . . „Wer mag Fisch?“ . . . „Die Dose müßt aber ihr aufmachen, das ist was für Männer.“
Bier dazu. Kerzenbeleuchtung, Musik.
Warum klappte es plötzlich mit Manfred? Molly konnte es sich selbst nicht erklären. Bisher hatte er kein Auge für sie gehabt, dabei war er im Wesen so ähnlich wie Jan, fand Molly jedenfalls.
Heute abend, ausgerechnet heute, wo sie überhaupt nicht damit gerechnet hatte, funkte es.
„Ich glaub' ich verlieb mich,“ sagte Molly zu Petra, als beide mal kurz in der Küche zusammenstanden. Petra durchsuchte den Vorratsschrank. Klaus hatte gesagt, irgendwo müsse noch Brot und Salami sein. „So in einer weißen Hülle, ungarisch oder so.“
„In wen? In Klaus? Das wäre zu schön, Mensch, Molly!“
Petra kroch sogar extra aus dem Vorratsschrank.
„Nöö,“ sagte Molly und biß auf die Unterlippe und lachte ein bißchen.
„Manfred? Nein, mach' das bloß nicht!“
„Warum denn nicht?“
„Molly, Mädchen, der ist nichts für dich, der ist auf die lange Schmale aus, auf die Claudia, die sind bis vor kurzem miteinander gegangen.“
„Aber er hat gesagt, daß Schluß ist.“
„Jetzt, ja, für drei Wochen oder für ein paar Tage, du, die sind fest befreundet; die Claudia braucht nur so zu machen, und der fliegt zurück.“
„Ja?“ sagte Molly und glaubte es kein bißchen.

Manfred war endlich so nahe, wie sie es geträumt hatte. Daß er und sie befreundet sein würden für eine ganze lange Zeit, das war möglich, war plötzlich denkbar.
Klaus beobachtete sie und Manfred. Er fing jede ihrer Bewegungen mit Blicken auf; Klaus war auch nahe, und das war sehr ärgerlich.
Erst als Molly ihren geheimen Vorrat auspackte und alle zusammen ein paar Stufen tiefer und ein paar Stufen höher in die schwere dunkelblaue Luft stiegen, als alle fünf glücklich und leichter als die Luft über die langen grauen Balkone tanzten, an den Händen gefaßt, erst da hatte Molly Klaus genauso lieb wie Manfred und flog zwischen beiden in der Luft herum.
Dann war Morgen, und keiner hatte den Wecker gehört. Irgendwann in der Nacht mußte Klaus die Decken geholt und verteilt haben. Angezogen waren alle noch, etwas benommen, aber richtig mies fühlte sich keiner.
„Meine Mutter kommt erst gegen abend. Wir haben Zeit. Alle Mann zum Frühstückmachen."
So eine Kanne Kaffee — himmlisch! Die ganze winzige Wohnung roch danach.
Orangensaft war auch noch da. Klaus schickte Heinz los zum Brötchenholen.
Marmelade, Butter, alles auf die große weiße Tischdecke im Wohnzimmer. „Tisch brauchen wir nicht," im Kreis auf dem Fußboden. Kaffeetassen, Brötchen, Zigaretten, Musik und tausend Pläne für später.
„Im Sommer machen wir eine Reise. Freunde von uns haben ein Haus in Dänemark," sagte Heinz, jetzt mit Petra zusammen. Zusammen, aber nur locker, bestimmt nicht für lange.
„Und das Wichtigste hätte ich fast vergessen," sagte Klaus und brachte einen Zeitungsausschnitt „— hier — hab' ich für dich ausgeschnitten, eine Wohnung in der Goethestraße."
„Da am Ring?"
„Ja, direkt neben dem Lebensmittelgeschäft."
„Gib mal, muß ich gleich hin."
Die anderen gingen mit.

Manchmal klappt alles wie im Traum. Die Wohnung war noch frei; ideal für Molly. Erdgeschoß, eigener Eingang, kleiner Flur, eigentlich nur eine Ecke, von der die beiden Türen abgingen: ein Zimmer, eine Küche, Toilette mit Waschbecken. Im großen Zimmer konnte man wohnen und schlafen.
„Bißchen laut, drum wollte wohl keiner einziehen," sagte Petra. Das Fenster im großen Zimmer ging auf die Hauptstraße, und der Goethe-Ring ist eben viel befahren.
„Macht mir nichts", sagte Molly. Hauptsache, die Vermieter wohnten nicht im Haus.
„Wenn ich eingezogen bin, mach' ich große Einstandsfete!"
Erst zum Jugendamt, dann den Mietvertrag machen lassen . . .
Jetzt geht alles sehr schnell, dachte Molly, als sie mit den anderen wieder auf der Straße stand. Mein eigenes Zimmer wird Wirklichkeit, irre gut. —

17

„Ulrike?“ sagte Dorothee, als Molly quietschvergnügt die Grauersche Wohnung betrat. „Ulrike?“ Und sie zog die Stimme beim ‚e‘ so merkwürdig hoch.

Gewitter! Wieso das denn? War man einmal im Leben echt vergnügt, hatte eine gute Neuigkeit, boing, war es wieder nichts.

„Ja-ha?“

„Deine Chefin hat angerufen.“

„Wieso?“ fragte Molly geistesgegenwärtig, „Ich hab' doch angerufen.“

„Wann denn?“

„Das war so gegen . . .“

„Also jedenfalls wußte um elf Uhr noch niemand, wo du warst. Du hattest versprochen, von — wie heißen sie? — aus hinzugehn.“

„Bin ich auch, aber dann haben die vom Jugendamt angerufen und gesagt, ich soll kommen, die haben eine Wohnung für mich. Die ist jetzt ziemlich sicher.“

„Eine Wohnung?“

Ein Segen, Dorothee war erst mal abgelenkt. „Hmhm, Zimmer mit Küche und einem ganz kleinen Flur und Toilette, da ist ein Waschbecken drin. Ich kann praktisch sofort einziehn, ich brauch' bloß noch einen Vormund . . . Eigentlich wollte ich dich fragen, ob du das machst.“

„Ich? Vormund?“

„Vielleicht ist es nur noch für ein Jahr, wenn das mit der Volljährigkeit ab achtzehn durchkommt.“

„Schön, ich überleg's mal.“

Ich hätte es ihr sofort sagen sollen, daß ich nicht Vormund sein wollte, und auch, warum ich es nicht sein wollte. Statt dessen besprach ich alles mit Borris, drückte mich rum und

sagte nicht, was wirklich war: Wie kann ich bei jemandem Vormund sein, eine so wichtige Stelle einnehmen, verantwortlich sein, wenn ich nie weiß, wann es stimmt, was er sagt?
Also wurde das Jugendamt Vormund. Eine von den älteren Damen, die keine Ahnung von Molly hatte, zu der sie dann ab und zu mal hinmußte.
Sie würde sich immer extra schick machen, Haare waschen und so, freundlich zuhören, ‚ja, ist gut' sagen, sich vornehmen, nicht aufzufallen, alles so hinkriegen, wie sie sollte. Nach dem Gespräch: Tür zu und weiterleben, wie sie mochte.
Für mich fand Ulrike sogar eine Entschuldigung: Es sei sicher wegen Mischkes gewesen, die hätten sie ja zuerst fragen müssen, von wegen Anstand und Benimm, schließlich hatte sie fast ein Jahr lang bei ihnen gewohnt. Aber Heidi zum Vormund? Gert? Auf keinen Fall, nicht einmal Borris, wenn schon, dann Dorothee, die war am nachgiebigsten, bei der wußte sie, wie sie das und jenes durchsetzen konnte, außerdem hatte sie zu Dorothee doch die beste Beziehung.
Beim Gespräch mit der Fürsorgerin im Jugendamt waren Gert und Dorothee mit, im Nebenraum saß Conny an ihrer Schreibmaschine. Ulrike hatte Conny seit ewig nicht mehr gesehen. Jetzt saß Conny da und hörte womöglich mit, was Gert und Dorothee und Frau Knod mit Ulrike besprachen.
Gert kannte Conny, weil er als Pfarrer mit dem Jugendheim zu tun hatte.
„Können wir hier zumachen?" sagte Gert in seiner knurrigen Art. Es war Ulrike jetzt sehr angenehm, daß er so knurrig war.
Frau Knod hatte sich nach der Wohnung erkundigt und mit den Vermietern gesprochen. Frau Knod wollte auch die Vormundschaft übernehmen.
Warum Dorothee denn nicht wolle?
Dorothee sagte, es sei schwierig, diese Aufgabe auch noch zu übernehmen, vor allem sehe sie sich nicht in der Lage, irgendeine Kontrolle über Ulrikes Verhalten auszuüben.

Ulrike war blaß und sah Dorothee an, Dorothee war blaß und sah Ulrike an. Der ganze Kampf war noch spürbar, die vierzehn Tage, in denen Ulrike bei Grauers gewohnt hatte.
Die letzten Wochen bei Mischkes brachten auch den Abschluß ihrer Arbeitszeit in der Löwenapotheke.
Ulrike kündigte, nein, sie wurde gekündigt, nein, es wurde ihr nahegelegt, doch zu kündigen.
Gert telefonierte mit Ulrikes Chefin.
„Wissen Sie", sagte die Chefin, „das Mädchen hat nicht nur verschiedene Male unentschuldigt gefehlt, sie hat auch — ich weiß es nicht sicher, aber ich nehme es an, sie hat Drogen entwendet, und ein Betrag von einhundert Mark, der einem anderen Angestellten aus der Manteltasche genommen wurde, geht vermutlich auch zu ihren Lasten. Sie ist an jenem Nachmittag verschiedentlich in der Garderobe gesehen worden. Sie hat sich bei Nachfragen merkwürdig verhalten."
„Waren Sie nicht anfangs zufrieden mit ihr?"
„Anfangs ja, aber dann suchte sie nur noch nach Gelegenheiten, im hinteren Raum zu verschwinden, wir haben dort Sessel und ein Tischchen, damit auch zwischendurch Pause gemacht, geraucht und Kaffee getrunken werden kann. Fräulein Moll hat aber fast nur noch Pause gemacht, wenn ich das mal so ausdrücken darf."
In Ulrikes Arbeitspapieren sah es so aus, als habe sie selbst gekündigt. Uns sagte sie das auch. Es habe ihr dort nicht mehr gefallen. Die Chefin sei nur anfangs nett gewesen, später habe sie an allem rumgemeckert.
Ulrike also ohne Arbeit, mit Frau Knod als Vormund. Ulrike war vergnügt, sagte, das mit Manfred sei jetzt wirklich das Richtige, sagte, Manfred, Klaus und Heinz machten ihren Umzug in die neue Wohnung. Sie wollten auch helfen, die Zimmer zu tapezieren; als Sperrmüll war, sammelten alle Mann gut erhaltenes Mobiliar für die neue Wohnung.
Klaus kam oft. Er hatte ein altes Nyltesthemd mit, so eins von denen, die man anno Tobak dazumal trug. Das zog er übern Pulli und ließ es nach außen hängen.

Von ihm stammte auch die Bockleiter. Ohne die hätte Molly die oberen Ecken des Wohnzimmers nie streichen können, denn die Zimmer waren sehr hoch.

Eine Wand braun, eine goldgelb, eine braun, eine goldgelb.

„Freust du dich echt auf's Alleinwohnen?" Klaus stand auf seiner Bockleiter und pinselte braun.

„Hmhm," sagte Molly, „unheimlich."

„Denkst'n du nie an deine Eltern, an zu Hause?"

„Och, nö, selten. Wenn ich wen aus der Nachbarschaft treffe, hör' ich schon mal was. Meine Mutter soll ziemlich krank sein, was mit'm Herzen, die liegt im Krankenhaus."

„Geh' doch einfach mal hin und besuch' sie!"

„Nö, kann ich nicht, hab ich keinen Mut zu," Ulrike hörte auf, gelb zu pinseln. Sie legte den Pinsel auf ein Stück Zeitungspapier neben den Farbeimer und brauchte gleich eine Zigarette extra, wenn sie nur dran dachte, daß ihre Mutter im Krankenhaus war, daß sie ihren Vater mal von weitem gesehen hatte und gleich auf die andre Straßenseite war, um ihm nicht zu begegnen.

„Aber eigentlich," sagte Ulrike, sie hockte auf der schwarzen Holzlehne ihres Schaukelstuhls, „eigentlich würde ich denen gern mal alles sagen. Die haben bestimmt selber nicht geglaubt, daß ich echt ausziehe. Jetzt kann ich eben nicht hin, weil ich keine Arbeit hab. Ich möchte dann hingehn, wenn ich mich putzwohl fühle. In alten Jeans, lange Haare, ich laß mir die noch länger wachsen, einen kurzen Pulli, und ohne Socken, das haut die um. Vor der Tür stehn, ‚Tag' sagen, reingehn. Irre. Und dann sagen, was sie alles falsch gemacht haben."

Ulrike auf der Sessellehne vór dem kahlen Fenster. Gardine fehlte, „Brauch' ich auch nicht, ich find' Gardinen doof, die fangen nur Staub und man muß sie waschen."

Draußen gingen Leute vorbei, Autos bremsten vor der Ampel und fuhren an, bläuliche Abgaswolken blieben über dem Asphalt stehn.

Klaus hörte auch auf zu pinseln, er hörte zu und schaute. Molly — in sich gesunken, den Rücken gebogen, die dünnen

Haare fast bis auf die Schultern, blasse Haut im Nacken zwischen den Haarsträhnen. Manchmal hatte sie dunkle Ringe unter den Augen. Heute — heute war sie wie jemand, den man beschützten konnte. Molly — das paßte, das klang nach Plüschtier, nach etwas weichem, aber im Grunde sah Molly eben nur so aus. Sie ließ sich ja nicht beschützen, jedenfalls nicht vom Klaus.
„Puh!" machte Klaus, und Molly-Ulrike hörte auf zu sprechen. Sie kam zurück in ihre eignen neuen vier Wände und zerdrückte den Zigarettenrest in einer leeren Blechdose, die zufällig rumstand.
Klaus pinselte weiter, rollte Rauhfasertapeten auf, bestrich sie mit Kleister und arbeitete sich von einer Wand zur anderen. Mußte ja schließlich fertig werden.

18

Der Winter war fast vorüber. Ulrike hauste in ihrer neuen Wohnung.
Das mit Manfred — längst vorbei, hatte gar nicht richtig angefangen. Petras Warnung bestätigte sich: Der wollte im Grunde zu Claudia zurück. Na ja, Molly so als Übergang, Molly, damit Claudia möglichst sehen konnte, was er für ein klasse Typ war, wie wenig er auf sie angewiesen war. Das übliche Theater, wenn es bei zwei Leuten ernster ist als sie selber zugeben wollen.
„Bin ich ja selber schuld," sagte Ulrike zu Dorothee Grauer. „Die Petra wußte das, hätte ich ja auch drauf hören können."
Dorothee setzte Wasser für Nudeln auf. Immer, wenn Ulrike kam, bevor Dorothee anfing, Mittag zu kochen, gab es bei Grauers Nudeln für Ulrike, das war fast schon wie ‚Brot für die Welt'.
„Ich koch' doch nichts, was du dann stehenläßt," sagte Dorothee, „ärgern will ich mich nicht, und bei deinen Eßgewohnheiten ..." Nudeln mit Cetchup waren ein todsicherer Tip.
„Warst du sehr enttäuscht, als sich das mit Manfred zerschlug?"
„Och, nö, war auch von mir aus nichts mehr drin." Das stimmt nicht, aber ihr braucht es nicht so genau zu wissen. Sobald die Claudia wieder wollte, war Manfred nicht mehr rumzukriegen.
Nach dem Mittagessen mußte Dorothee weg. Borris und Ulrike räumten den Tisch ab und setzten die Spülmaschine in Betrieb; „Den Gregor holt ihr nicht mehr?"
„Nein, schon länger nicht. Er vertrug den Unterschied zwischen dem Heim und uns so schlecht."
„Vertrug er schlecht?"

„Die Schwestern hatten die Woche über nur Schwierigkeiten mit ihm. Er wollte sich nicht mehr an den täglichen Trott anpassen. Für Dorothee war es ein echter Tiefschlag, daß wir's aufgeben mußten. Sie wollte eben dem Kind was Gutes tun . . ."
„Warum habt ihr ihn nicht ganz zu euch geholt?"
„Tja," sagte Borris, setzte sich auf den Rand des Eßtischs und stopfte seine Pfeife nach, „Bei uns hat sich ein eignes zweites angemeldet, das wird sowieso die Familiensituation entscheidend verändern."
„Noch ein Kind? Ich dachte, ihr wolltet gar keins, und Davi war . . . Dorothee hat jedenfalls mal gesagt, daß er nicht geplant war."
„Ja-ha," Borris rauchte und nahm dann die Pfeife aus dem Mund, „Schon. Aber das zweite, das wollte Dorothee unbedingt. Ich übrigens auch. Aber sag' mal, was macht deine Arbeit?"
„Nichts."
„Kümmerst du dich überhaupt darum?"
„Klar, ich hab' auch ein Angebot, aber ich weiß noch nicht, ob ich's mache, die Apotheke ist j. w. d., in einem Vorort von Moers."
„Es gibt gute Busverbindungen. Du darfst nicht wählerisch sein. Wer so oft die Stelle gewechselt hat wie du, der kann froh sein, wenn er überhaupt etwas bekommt. Hast du denn noch Geld?"
„Ja, hab' ich," sagte Ulrike, „Ich überleg' auch, ob ich nicht was ganz andres mache, was studieren. Sozialarbeit oder so. Mit anderen Leuten was machen. Denen helfen. Ich kenn' ja jetzt viele, da sind Typen drunter —"
„Du mußt bedenken, daß ein Studium lange dauert, viel kostet und nicht nur ein Vergnügen ist."
„Stimmt schon, aber ich kann gut mit wenig Geld leben, und die Apotheke . . . immer nur hinterm Ladentisch stehn und verkaufen, das bringt's einfach nicht für mich."
„Wir sprechen noch mal," sagte Borris, „jetzt muß ich an die Arbeit, noch was vorbereiten."

Ulrike duschte sich, brachte ihre Wäsche in die Waschküche. Dorothee machte die Wäsche für sie mit.
Diese Kurzbesuche bei Grauers liefen immer ähnlich ab. Richtig Zeit hatten die nie für einen. Konnte man schon verstehn, wo die doch beide arbeiteten.
Vor Mollys Wohnung in der Goethestraße stand Petra.
„Wollte mal reinschaun, wie du jetzt lebst."
„Komm, ich mach Kaffee, ich war bei Grauers, Wäsche hinbringen, die Dorothee wäscht für mich."
Petra kam mit rein.
„Mensch, Molly," sagte sie und hatte sich noch nicht einmal richtig umgesehn, „hast du immer noch nicht aufgeräumt?"
„Nö, stört dich das?"
„So kann man doch nicht wohnen, räumst du nie?" Petra zog ihren Mantel aus und das gehäkelte Mützchen und legte beides sorgfältig über die Lehne vom Schaukelstuhl.
„Dann bleib mal hier und komm nicht mit in die Küche, da sieht es noch schlimmer aus."
„Noch schlimmer? Man kann ja hier schon kaum stehn."
Molly wühlte sich in der Küche durch den ganzen Krempel und machte Wasser heiß für Pulverkaffee. Unterdessen räumte Petra im Zimmer auf, so gut es ging. Sie machte aus der Federdecke und dem Kissen zwei ordentliche Rollen, legte eine Wolldecke drüber, sortierte Lippenstifte und Hautcrems von Pralinenresten und dem Häkelzeug und räumte den Tisch ab. Allerdings konnte man das Zeug nur etwas ordentlicher in eine der sechs Apfelsinenkisten tun, die in den Ecken des Zimmers rumstanden; Molly fand das mit den Kisten ideal, unbürgerlich und progressiv; Petra meinte, es sei ein wahnwitziges Durcheinander. „Da ist echt aller Krempel drin, wie hälst'n du das aus, Molly?"
Haarspray und Schuhe, Kämme, Fotoalben, angefangene Tischdeckchen. „Für wen machst'n die?" — „Für Heidi Mischke zu Weihnachten." — „Also, wirklich!" —
„Vergiß es, und trink' deinen Kaffee, hier sind Kekse dazu."
„Ja, danke."

„Du,“ sagte Molly, „ich will gleich mal nach der Serafin-Apotheke in Scherpenberg schaun, da soll was frei sein.“
„Und mit studieren? Ist doch nichts?“
„Ich kann ja noch nicht, erst muß ich warten, bis man sich anmelden kann. Der Klaus hat sich für mich erkundigt.“
„Mach' dir doch nichts vor,“ sagte Petra und nahm ihre Tasse. „Das hältst du sowieso nicht durch.“
Petra ist ganz schön hart, wenn sie sowas sagt, aber jemand muß einem ja was sagen. Außer Petra und Klaus kümmert sich kein Mensch drum, was ich mache.
Die neue Stelle machte Spaß. Ein junger Chef. Kein trüber Pimpel wie der Grabert, keine nervöse Tante, wie ihre letzte Chefin.
„Haben sie wenigstens einen netten Freund?“ fragte der junge Chef. „Es ist doch sicher schwer, wenn man ganz auf sich gestellt ist.“
Ulrike lag abends oft wach. Seit ein paar Tagen hing das neue Rollo vor dem Fenster. Klaus hatte es mitgebracht, einfach so und montiert hatte er es auch.
Seither fuhren die Lichter der Autos nicht mehr die Zimmerdecke entlang.
Der Lärm war geblieben, das Bremsen und Anfahren — bei den großen Fernlastern war es besonders unangenehm.
Heute war rein gar nichts los gewesen. Arbeit, heimkommen, keiner da, auch Klaus nicht.
Petra tauchte auch nur noch selten auf, sie hatte einen neuen Freund. Richtig große Liebe diesmal, dabei kannte sie den Jungen schon lange.
Könnte mir nicht passieren, entweder verliebe ich mich sofort oder gar nicht. Und dann weit zurückdenken, alte Sachen vorbeiziehen lassen. Das mit Jan. Aber was trägt es aus, sich Gedanken zu machen? Jetzt würde ich sagen, dachte Molly, der wollte einfach mal ausprobieren, wie weit ich gehe. Kein bißchen dahinter. Ich hätte leicht bremsen können. Molly wälzte sich zur Wand. Lieber nicht nachdenken. Trotzdem sah sie die alte Clique vor sich, den Abend mit Robby, als er zu ihr ins Zimmer kam, die halbe Nacht hatten

sie gehabt, eben rumgeschmust, weiter nichts. Ein bißchen weiter schon, konnte man kaum vor sich selbst zugeben, ich bin einfach kein Typ für sowas, warum passiert es mir dauernd? Immer laß ich mich in was ein, geh' weiter als ich selber will.
Molly-Ulrike setzte sich auf, knipste die Stehlampe an, die war natürlich auch so ein Mitbringsel von Klaus, hatte er beim Sperrmüll abgestaubt.
Molly rauchte also, starrte den hellen Kreis an, den die Lampe an die Zimmerdecke warf.
Stimmen im Treppenhaus. Man hörte alles, was draußen gesprochen wurde. Eigentlich komisch, wo das hier ein Altbau ist. Draußen, das waren diese fiesen Leute, die immer hinter einem her die Fliesen ableckten, weil ich ja nicht sauber genug wischen kann.
An Abenden wie diesen sprach Ulrike auch wieder mit Ulrike. Diese andre Hälfte war natürlich die bessere, so eine Mischung aus Frau Inga Moll, Petra und Dorothee Grauer.
Horch mal . . .
. . . das sind die, die über mir wohnen. Ich hör lieber nicht hin. „Na, hat sie heute mal keinen Herrenbesuch?" . . . „Wenn das meine Tochter wäre . . ."
„Und wie sie aussieht, ungewaschen, schlampig, man sollte wirklich das Jugendamt einschalten!"
Dann noch: „Die wissen das doch, beim Jugendamt," oder: „Die genehmigen das auch noch." Genau konnte Ulrike nicht mehr verstehn, die beiden waren schon eine Treppe höher.
Jedenfalls, mit Schlafen war erst mal nichts. Ich brauch' was Scharfes. Daß du dir auch noch anhören mußt, wie diese Leutchen über dich reden. Die meinen, ich schlaf mit jedem, der bei mir vorbeikommt. Daß die das meinen, nervt mich unheimlich. Braucht dich nicht zu nerven, das geht die einen Dreck an.
Der Cognac war nicht im Kühlschrank, stand auch nicht zwischen den leeren Bierflaschen, nicht auf dem Fensterbrett und nicht im Spülstein. Irgendein Heini hatte ihn in den leeren Putzeimer gestellt.

Ulrike goß sich ein halbes Wasserglas voll und trank gleich einen Schluck ab. Dann setzte sie sich wieder ins Bett und rauchte. Der Cognac wirkte aber nicht so richtig. Immer noch diese Leute auf der Treppe: „Und wie die aussieht, wenn das meine Tochter wäre ...

Ich will aber so aussehen, es ist mir egal ... Es ist dir natürlich nicht egal — natürlich nicht. — Schlafen — einschlafen können. Nimm doch Tabletten, du hast doch noch. Nur wo ... bei deiner sprichwörtlichen Ordnungsliebe ... das hab' ich von Petra. Petra hat ja auch ein bißchen recht.

Die Schlaftabletten lagen neben dem Fotoalbum. Ulrike nahm das Röhrchen, schluckte eine Tablette und einen Cognac hinterher — erhöht die Wirkung, soll's auch — das Album nahm sie mit ins Bett.

Seit sie von ihren Eltern weg war, hatte sie nichts mehr eingeklebt. Die alten Fotos ... mit fünf Jahren, der Ausflug am ersten Mai, Ulrike nur in Unterhose hinter einem Holzstapel herumhüpfend, aber damals gab's auch den ersten Kartoffelsalat und die ersten Prügel. Noch früher — auf dem Schoß von Frau Hugenberg, die Tochter daneben ist schon siebzehn. Die mochte ich, die haben mich immer sonntags geholt, wie die Grauers den Gregor. Die Hugenbergs mochte ich viel, viel lieber als die ... die ... die Schlaftablette wirkte ... aber Molls holten mich raus, die holten mich ...

Ulrike ließ das Album neben ihr Sofa rutschen. Sie rollte sich zur Wand und schlief.

Da waren Molls. Vater im Lehnsessel. Fernsehn lief. Wilde Typen mit schwarzen Strümpfen über den Gesichtern schossen aufeinander. Mitten im Wohnzimmer von Molls stand ein ausgebranntes Auto und dahinter tauchten die maskierten Verbrecher auf und schossen. Vater Moll schmiß seinen Aschenbecher mitten in die Mattscheibe. Inga stand auf dem Couchtisch — wieso nur? — sie machte dieses saure moralische Gesicht und hatte ihre weiße, gestärkte Schürze an. Sie sah Ulrike zwischen den Verbrechern herumtanzen und sagte: „Zieh mal deinen Rock runter!" Ulrike faßte nach dem Rocksaum, aber da war kein Rock, den man ordentlich

bis zu den Knien ziehen konnte, da war nichts. Sie hatte nur ihren weinroten Pulli an, den, der bis zum Bauchnabel reicht.
Kein Wunder, sagte Vater Moll und riß seine Pistole aus der Hosentasche, er hatte urplötzlich auch eine Pistole, dafür waren die Gangster weg — Vater Moll zielte auf Ulrike und sagte: „Kein Wunder, daß die Jungens ihr nachlaufen, sie ist eine Straßendirne und man sieht es!"
Ulrike war wach. Sie ließ sich vom Sofa fallen und erreichte eben noch die Toilette. Sie brach alles aus, was in ihrem Magen war. Es kam in Schüben, nochmal und nochmal und nochmal. Dann war es vorbei — Ulrike saß auf dem kühlen Steinfußboden, lehnte den Rücken an die Wand und fühlte sich so schwach, als könne sie nie wieder aufstehn.

19

Ungefähr um diese Zeit lernte Ulrike ihn kennen. Es gab da ein Lokal in Moers, das war — fand sie — unheimlich progressiv.
Weinrote Tapeten, eine Bar in dunkelgrünem Stoff, kleine Tische mit grünweißkarrierten Tischdecken und winzigen Lampen drauf. Viel dunkel gebeiztes Holz. Stimmung — einfach gut. Jeder kam dort mit jedem ins Gespräch.
Erst war sie mit Klaus dort. Klaus war so ein richtiger Gefängniswärter. Nahm man mal einen Schwung Leute mit in die Wohnung, schon war er sauer.
„Du hast doch überhaupt kein Recht auf mich," sagte Ulrike und konnte zu Klaus hart sein, wie sie es zu Renz gewesen war. Klaus war trotzdem wichtig. Klar. Der tröstete einen auch mal, wenn die Leute im Haus mal wieder Briefe an den Vermieter schrieben, er solle Ulrike rauswerfen, weil sie ihre Fenster nie putze und immer noch keine Gardine vor dem Küchenfenster hängen habe, das sei untragbar.
Der Vermieter beklagte sich bei Frau Knod vom Jugendamt, die bestellte Ulrike zu sich, sagte: „Denken Sie doch dran, Fräulein Moll, daß Sie in Zukunft Ihr Fenster mindestens alle drei Wochen putzen, das ist notwendig in dieser schmutzigen Gegend. Schauen Sie, Sie bekommen nur Ärger, und den wollten wir doch vermeiden, Sie und ich."
„Sehe ich ein," sagte Ulrike.
„Und hängen Sie doch bitte eine Gardine vor das Küchenfenster."
„Ich hatte nur bisher kein Geld."
Dann tröstete Klaus nicht nur, er brachte auch eine alte Gardine von zu Hause mit. „Brauchen wir nicht mehr." Er befestigte eine Schiene und hängte das Ding auf. Er sorgte auch dafür, daß Ulrike eine Waschmaschine bekam.

In der ‚Laterne' also trafen sich Klaus und Ulrike mit Heinz, Petra, Petras neuem Freund, ein paar Freunden von Petras Freund und der Freundin von Heinz und deren Freundinnen. Eine lockere Gruppe, immer wieder kamen neue Leute dazu, andre blieben weg.
Auch wenn der ganze Schwung zu Ulrike in die Wohnung kam, kannte sie kaum mal alle, macht ja nichts, so lernt man neue Leute kennen.
In der ‚Laterne' saß er. Auch nicht allein, aber an seinem Tisch saßen nur Jungen.
Klaus merkte es zuerst. Klar. Er überwachte immer, wer sich mit Ulrike einlassen wollte, starrte sie an, wenn sie mit anderen sprach.
Klaus sagte: „Der schaut schon die ganze Zeit."
„Wer denn?"
„Der Lange dort am Tisch."
Ulrike sagte: „Wo?" und machte eine kleine Bewegung mit dem Kopf. Nur eine halbe Drehung und verlor sich, wie man sich verliert, wenn man an hellen Abenden in den Himmel sieht, und vergißt, daß es rundherum Häuser und Straßen gibt, Antennen auf den Dächern, Telefondrähte und Schornsteine, denn die müßte man ja gleichzeitig sehn, aber man sieht nur den hellen Abendhimmel.
Er kam rüber, fragte Klaus, ob er Ulrike an die Bar mitnehmen dürfe.
Ulrike sagte: „Ich bin mein eigner Herr, wir sind nicht so eng befreundet."
„Friedhelm, Friedhelm Naumann, wenn du willst."
„Ich bin Molly, so nennen die mich, in Wirklichkeit heiße ich Ulrike Moll."
Friedhelm ist einundzwanzig.
„Schon? Ich bin siebzehn. Was arbeitest du? Sind das deine Freunde? Hast du Geschwister? Wohnst du allein?"
Friedhelm erzählte von sich, seinen Eltern, dem kleinen Haus, das er und seine fünf Geschwister mit den Eltern zusammen hatten, endlich, nach vielen mageren Jahren — bescheidener Wohlstand.

„Ich wohne zu Hause, ist billiger. Was ich vom Staat an Studiengeld bekomme, wird verteilt, damit meine Geschwister auch ins Gymnasium kommen. Ich hab' als einziger in der Familie den Führerschein. Ich kann unser Auto benützen so viel ich will. Manchmal fahre ich meine Eltern herum."
Ulrike hörte zu und gehörte selbst zu Naumanns, machte alles mit.
Friedhelm fragte nicht, wie Ulrike wohnte, was sie arbeitete, wen sie zum Freund hatte, sie war ein dunkelhaariges Mädchen, das Ulrike Moll hieß, auch Molly, ein Mädchen mit blasser Haut, graugrünen Augen, na ja, so eben . . .
Friedhelm — Am nächsten Morgen, als Ulrike zur Haustür rauskam und zur Bushaltestelle laufen wollte — eilig war sie morgens immer — stand sein Wagen da. Friedhelm machte die Wagentür auf und Ulrike stieg ein, als hätte sie sich verabredet.
Unmöglich, an so einem Morgen in die Apotheke zu fahren. Von der nächsten Telefonzelle aus rief Ulrike an, sie sei krank. Sie hustete in die Muschel, sprach durch die Nase, als hätte sie Schnupfen.
„Morgen geht es bestimmt wieder."
Der nette junge Chef war unfreundlich, sagte, sie solle doch zum Arzt gehn und dann den Krankenschein vorlegen.
„Mein Hausarzt ist in Urlaub," sagte Ulrike und hustete, „ich kann versuchen, ob ich heute nachmittag . . ."
„Ja, schaun Sie, daß Sie kommen, Sie haben in letzter Zeit ohnehin sehr nachgelassen." Er hängte ein.
Ulrike vergaß ihn und seine schlechte Laune sofort.
Friedhelm, im Auto, fragte nicht: „Wie hat's geklappt?" Er fragte nur: „Wohin fahren wir? Ich hab' bis ein Uhr Zeit, dann muß ich meinen Vater abholen."
„Zu mir?"
Ulrikes Zimmer sah aus wie immer. Bettzeug auf der Couch, die Apfelsinenkisten voll mit Flaschen, Dosen, Gläsern, Schallplatten, Pullis.
Friedhelm stand ein bißchen ratlos zwischen all den Sachen. Ulrike hatte die Hände in den Hosentaschen, sah in sein

Gesicht und lächelte. Sie biß auf ihre Unterlippe. „Was jetzt? Soll ich Kaffee machen?"
„Nein," sagte Friedhelm.
„Setz dich doch."
Friedhelm nahm das Schlafanzugoberteil aus dem Schaukelstuhl und setzte sich.
Ulrike suchte eine Schallplatte raus.
„Magst du rauchen?"
Friedhelm blieb den ganzen Vormittag über im Schaukelstuhl sitzen. Er erzählte und Ulrike hörte zu und manchmal sagten beide eine ganze Weile nichts und rauchten nur, und Ulrike war nicht Ulrike ohne Eltern, mit der schlimmen Nacht und dem Alleinsein, nur ein Stück Ulrike war zu spüren, ein neues, helles Stück Selbst. So war die Liebe in den Büchern, die sie gelesen hatte: ein Hinschmelzen, ein Wegfliegen, so fühlten die großen Liebenden in den Filmen, so war es wirklich, und darauf hatte sie gewartet.
Friedhelm ging fünf vor eins.
Er kam fast jeden Tag, manchmal fuhr er sie zur Apotheke, manchmal kam er abends und sie gingen zusammen aus. Nie versuchte er sie zu küssen, manchmal nahm er ihre Hand.

20

Einmal, es war im Mai und ein Tag mit blauem Himmel, leuchtenden Haufenwolken und tausend blühenden Pflau menbäumen — einmal holte Friedhelm Ulrike von der Apotheke ab. Er war sogar aus dem Auto gestiegen, das machte er sonst nie.
„Ich hab' Zeit bis fünf," sagte er und Ulrike erschrak ein bißchen, denn die Beziehung zu ihrem Chef war nicht mehr die beste. Mittagspause hatte sie nur bis halb drei.
„Du, ich kann nicht bis fünf."
„Ach was," sagte Friedhelm.
Sie stiegen ins Auto und fuhren in den Bönninghardt.
An Werktagen ist das Waldgebiet nicht so überlaufen, man kann stundenlang wandern. Nur Gras, Bäume, Farne, kleine binsenbewachsene Tümpel.
Die Buchen sind unwahrscheinlich grün, zum Reinbeißen grün, und der Himmel schwimmt knallblau zwischen den Bäumen herum und blinzelt ab und zu mit seinen weißen Wolken.
Friedhelm legte den Arm um Ulrikes Schultern. Sie gingen nahe nebeneinander, ihre Hüften berührten sich. Jeder spürte den Schritt des anderen.
„Weißt du," sagte Friedhelm, „ich wollte es dir schon lange sagen, aber . . ."
Jetzt — ein riesengroßes Gefühl, ein Ballon voll Liebe, der aufstieg zwischen den Bäumen und sie beide mitriß, ein Wahnsinnsknall und die Welt würde sich drehn. Jetzt: ich liebe dich, ich kann nicht mehr sein ohne dich, Ulrike, meine Ulrike, meine liebe, liebe, liebe —
Friedhelm blieb stehn, er sah Ulrike in die Augen.
„Es ist mir ein bißchen peinlich," sagte er," aber weißt du, ich habe noch nie mit einem Mädchen — ich weiß zwar theo-

retisch Bescheid, aber ich hatte noch keine Freundin, verstehst du?"
„Ach, so," sagte Ulrike, „das macht doch nichts." Sie horchte in sich hinein, spürte eine dumpfe Stelle, da wo der Riesenballon hätte aufsteigen sollen, Friedhelm mit seinem schmalen Gesicht und den hellen krausen Locken — Friedhelm — er stand wieder so da, wie am ersten Morgen in Ulrikes Zimmer, als er nicht gewußt hatte, wo hinschaun, weil das Bett offen und in dem ganzen Durcheinander kein Stuhl frei war, um sich zu setzen.
„Das macht doch nichts, Friedhelm." Ulrike nahm sein Gesicht, nahm seine Schultern, seine Hüften, sie war ganz da wie nie, nie zuvor, und das Ballongefühl stieg doch auf, riß beide mit sich, der Grasgeruch, das hellgrüne Geflimmer der Buchenblätter im Mai — ein Riesenwald voll Liebe und nur sie beide mittendrin.
Das einzige Problem war der nette junge Chef. Er war wirklich unmöglich, glaubte kein Wort von der Autopanne in der Mittagspause, sagte, Ulrike habe ohnehin erst neulich einen Krankenschein gefälscht.
„Hab' ich nicht, bestimmt nicht."
„Haben Sie nicht? So! Und was ist das?"
Er hielt ihr den Schein unter die Nase. Es war nicht leicht, fest zu bleiben, wenn man so beschuldigt wurde.
„Kann ich doch nichts dafür, wenn die sich vertippen, das können Sie mir doch nicht anlasten."
Völlig allein, wie nur ein Mensch sein kann, fühlte man sich, und man mußte sich wehren.
„Ich rate Ihnen dringend, Fräulein Moll, kündigen Sie zum nächsten Ersten."
Zu Hause heulte Ulrike in ihre Bettdecke.
„Was soll ich machen, Friedhelm?"
„Mädchen," sagte Friedhelm, „das mußt du schon allein entscheiden, ich kann dir da nicht raten."
Ulrike hob ihr verheultes Gesicht aus der Federdecke — sah Friedhelm an, Friedhelm im Schaukelstuhl.
Ganz zu Anfang hatte er mal gesagt: „Weißt du, ich will

mich nicht binden, ich finde, in einer Freundschaft soll jeder die Freiheit haben, das zu tun, was er will. Ich werde dir nicht dreinreden, wenn du mit anderen Jungen ausgehst, so lange wir befreundet sind." — Das hatte er gesagt, aber seither war doch alles anders, seither war doch was geschehn, oder nicht? —

„So, ich muß wieder." Er stand auf „Tschüß, denn."

Tschüß, denn — Tschüß, denn — wie kannst du so einfach gehn, dir keine Gedanken machen, mich völlig allein lassen? Du warst doch mit schuld dran, daß ich den Nachmittag versäumt hab!

Ulrike rauchte eine Zigarette nach der anderen, sie schluckte sogar Valium, weil sie zufällig neulich ein Gläschen voll mitgenommen hatte; das konnte man schon ab und zu, was mitnehmen, merkte kein Mensch.

Klaus tauchte wieder auf. Gegen Ende Mai. Als das mit Friedhelm anfing, hatte er sich eine Zeitlang nicht mehr blicken lassen — verständlich; aber jetzt kam er wieder regelmäßig. Auch Heinz, Petra und die anderen, die so mit dranhingen, kamen ab und zu. Petra brachte neue Mädchen mit. Manchmal saß abends die ganze Wohnung voll. Sie gingen erst spät in der Nacht, ließen alles stehn — Ulrike konnte dann am nächsten Abend spülen, aufräumen, hinter den Gästen herwischen; also, das war nicht das Wahre.

Klaus hatte ein bißchen Trost für Juni. Er bekam natürlich sofort raus, daß was mit der Arbeit nicht stimmte.

„Los, sag' schon, wirst du gekündigt, oder darfst du selber gehn?"

„Wie kommst du drauf?"

„Seh' ich dir an. Und mit deinem Freund?"

„Alles klar."

„Na? — Wie du meinst. Ich find' eure Freundschaft reichlich komisch."

„Wieso komisch? Wir wollen uns nicht binden, ich find' das besser," sagte Ulrike. „Wir sind doch nicht verheiratet. Du paßt immer auf wie ein Schießhund, daß ich ja nicht fremdgeh', dabei sind wir nicht einmal befreundet gewesen."

„Komm, laß, ist egal," sagte Klaus. „Ist deine Sache, aber sag' mal, macht ihr zusammen Urlaub?"
„Nö, wir sind doch nicht so —"
„Und ab Juni hast du Zeit?"
Ulrike zog an ihrer Zigarette, sie nickte leicht, sah Klaus nur an.
„Arbeitslos biste doch? Deshalb hab' ich eine Idee. Meine Mutter hat einen Freund mit Haus in Dänemark. Exklusives Ding. Mitten in den Dünen. Könnten wir mit ein paar Freunden zusammen mieten. Der Knabe macht bestimmt einen Sonderpreis für uns. Was hältst du von vierzehn Tagen, Molly?"
Manchmal kommt alles anders, als man denkt. Nicht nur Klaus war wieder da, hatte Pläne und half über den Schrekken mit der Kündigung weg, auch Renz tauchte aus der Vergangenheit auf, war zufällig im Bus, als Ulrike von der Arbeit nach Hause fuhr.
„Was machst'n hier, Renz?"
„Und du, Molly?"
Renz hatte die Haare länger. Doch, er war noch der alte Milchbart. Immer noch kein Typ für Ulrike, aber fast schon wie ein Bruder.
„Ich arbeite in Moers, und du?"
„Hab grad meine Honda verkauft."
„Warum das denn?"
„Hier," Renz rieb Zeigefinger und Daumen aufeinander.
„Heiraten und Hausstand gründen?" Ulrike biß auf die Unterlippe und lachte ein bißchen.
„Nö, arbeite nicht mehr."
„Wieso das denn nicht?"
„Ist doch kein Leben. Den ganzen Tag malochen oder die halbe Nacht . . . ist doch kein Ziel. Was Richtiges, Optiker oder Drucker, das schon, das würd' mir Spaß machen, aber so, den ganzen Tag auf Arbeit, abends zu müde zum Ausgehn, nö, mach' ich nicht mehr."
„Und von was lebst du?"
„Krieg demnächst Arbeitslosenunterstützung. Läuft aber im

Höchstfall zwei Jahre. Mal sehn. Im Sommer geh' ich erst mal auf Tramptour."
„Wohin?" Ulrike war ganz aufgeregt. Eine Tramptour wäre was! Der Bus hielt. „Ich muß raus, kommst du auf einen Sprung mit?"
Renz kam mit. In Ulrikes Wohnung war es kalt, es roch nach abgestandenem Rauch. Ulrike schaltete den Radiator ein und stellte ihn auf Stufe drei. „Wird gleich warm." Ein Schluck Cognac, eine Tasse Kaffee. Ulrike hatte Brötchen mitgebracht. Margarine war noch da und etwas Honig.
Es wurde wirklich schnell warm und gemütlich. Draußen regnete es inzwischen. Kühler Mairegen.
Ulrike und Renz planten für Juni und August. Station in Dänemark bei Klaus und den anderen. Dann weiter, kreuz und quer durch Europa. Alles sehn. Im Straßengraben schlafen, bleiben wo es Spaß macht. Leute kennenlernen.
„Ich war noch nie aus Deutschland raus."
Friedhelm war nicht eingeplant. Er würde während der Semesterferien arbeiten und mit seinen Eltern eine kleine Urlaubsreise machen, in den Harz oder so.
Natürlich blieb die Angst, ob er nach dem Sommer noch ihr Freund sein würde.

21

Ulrike kündigte, kam kurz bei uns vorbei, lieh sich Schlafsack, Luftmatratze und meinen Rucksack. Sie sagte, jetzt, wo es morgen losgehe, habe sie ja doch ganz schön Reisefieber. Friedhelm? — Der lasse sie ruhig fahren. Sie könne ihm schreiben, sie habe seine Ferienadresse. „Er kann mir nicht schreiben. Ich habe ihm zwar die großen Ziele gesagt — Paris und so, und wann wir dort sind, aber er will nicht, er sagt, es tut uns ganz gut, wenn wirklich jeder seine Freiheit hat. Ich find' das auch gut."

Dann war Ulrike weg. Sie schrieb Postkarten aus Dänemark, aus Paris, Rom und Neapel.

Mitten im August, früher als wir erwartet hatten, war sie zurück. Braungebrannt, runder als zuvor, langhaariger, erwachsener — doch, ich war froh. Dachte: Jetzt hat sie's geschafft.

Friedhelm kam aus seinen Ferien im Harz zurück, die Freundschaft ging anscheinend weiter, als wäre die lange Trennung nicht gewesen.

Noch hatte Ulrike keine Arbeit, aber wer braucht schon Arbeit, solange die Augustsonne brennt, solange man täglich mit den ganzen Freunden, den neuen Freunden, die Friedhelm ihr so nach und nach vorstellte, und den alten, die mit in Dänemark gewesen waren, solange man alle Mann hoch zum Baggersee fahren konnte, von der großen Reise zehren, faul sein, einfach glücklich und faul sein und leben.

Ulrike kam selten zu uns. Sie brauchte uns nicht.

Anfang September stand sie vor der Tür. Immer noch braun vom Sommer, die Umhängetasche über der Schulter, einen grünen Pulli, der zwischen Bund und Hosengurt einen Streifen braunen Bauch frei ließ — Ulrike-Molly wie eh und je.

Ich hatte in der Küche zu tun. Ulrike setzte sich und rauchte.

„Hast du schon Arbeit?“ ich fragte, weil sie von sich aus nichts erzählte.
„Nein.“
Ich wartete eine Weile, rührte in meinen Töpfen — seit ich nicht mehr unterrichte, lasse ich mir immer Zeit mit dem Kochen, das macht sicher die Schwangerschaft aus, man sieht es jetzt schon — und so ein neues Menschlein verändert einen. Ich mag nicht mehr so viele Menschen um mich, spiele lieber mit Davi oder bastle etwas für unsere Wohnung. Ulrike rauchte nur und schwieg. Das war ich nicht von ihr gewohnt.
„Was macht denn dein Freund?“ fragte ich, weil ich meinte, ich müsse etwas sagen.
Ulrike stand rasch auf, und drehte sich zum Fenster.
„Ist es,“ sagte ich und stand da mit meinem dicken Bauch und meinem Kochlöffel und wußte nicht, sollte ich weiterbohren oder aufhören, „entschuldige, daß ich frage, aber ist es aus?“
„Nein,“ sagte Ulrike und drehte sich wieder zu mir, „aus nicht, er kommt nur nicht mehr. Er hat nichts gesagt, er kommt einfach nicht mehr. Die Ungewißheit macht mich echt fertig.“
„Vielleicht mag er dir nicht sagen, was wirklich los ist,“ sagte ich. „Es war doch sowieso keine ganz feste Freundschaft. Er hat dir immer gesagt, daß er sich nicht binden will.“
„Stimmt schon,“ sagte Ulrike, aber sie glaubte kein bißchen mehr daran, daß sie sich auch nie hatte binden wollen.
„Ich war seine erste Freundin,“ sagte Ulrike. „Er ist älter, das macht viel aus.“
„Hat er denn eine neue Freundin?“
„Glaub' ich nicht,“ sagte Ulrike und schniefte durch die Nase.
Ich holte ein Taschentuch aus dem Wandschrank und gab es ihr. Sie tupfte sich die Tränen ab und schneuzte sich.
Ich war sauer auf Friedhelm. Doch, verdammt, ich war sauer. Friedhelm hätte die Möglichkeit gehabt, was aus Ulrike zu machen. Nicht heiraten, bloß nicht. Ulrike würde, denke ich,

nach spätestens einem Jahr alles zum Hals raushängen, die Wohnung, das Verheiratetsein, das immer auf den Mann warten, der den Beruf hat und kommt und geht, wann es ihm paßt. — Nein; aber er hätte eine richtige Freundschaft hingekriegt. Eine zähe Freundschaft mit vielen Gesprächen über früher und jetzt. Für Ulrike ist Friedhelm eine echte Möglichkeit — ja, ich weiß, dieses alberne ‚echt' paßt gar nicht hierher, und ‚ist' auch nicht — Friedhelm wäre ... gewesen, wenn er nicht gleichzeitig Friedhelm wäre —
Friedhelm Naumann mit seinen Eltern und dem Haus und dem Auto. Mann, mit einundzwanzig noch keine Freundin gehabt — wie steht man denn da?
Ulrike — eine sichere Sache. Die hatte es schon mit verschiedenen Jungen gehabt, das sah man. Nichts da von wegen Tränen und entjungfern und dann hängt sie womöglich an einem. Das war bei Ulrike nicht drin.
Und dann — keine Eltern im Hintergrund. Also auch von daher kein Ärger zu erwarten. Eigene Bude. Genügend Freunde, denen man sie überlassen konnte, wenn's mal nicht klappte, wenn die Eltern rumgefahren werden wollten, wenn ein Fußballspiel im Fernsehn wichtiger war als das Treffen mit ihr.
Ulrike machte keine Szenen. Sie heulte höchstens mal, aber richtig hysterisch wurde sie nicht.
Wir saßen zusammen. Borris kam heute später. Nach dem Essen lockte Davi Ulrike in sein Zimmer. Er malte mit Wasserfarben. „Schau mal, Ulrike, ein Fisch." Davi ließ den Pinsel über das Papier sausen. Ein dicker Fisch.
„Da sitzt ein Mann drauf, der gibt dem Fisch was zu essen," sagte Davi.
„Ich mal auch was," Ulrike nahm sich eins der vielen Blätter, die auf dem Fußboden verstreut lagen, kniete sich davor und tauchte ihren Pinsel in gelbe Farbe.
Sie zog einen weichen gelben Strich quer über das ganze Blatt. Er fing links oben am Blattrand an, so ein klein wenig oberhalb der Mitte und endete leicht deprimiert unterhalb der Mitte des rechten Blattrandes.

Dann mischte Ulrike himbeerrosa. Ein kaltes Rosa, wie Himbeereis und malte ein Ding mit sechs Ecken und einem Hakenschwanz. „Was malst du denn?“ fragte Davi. Er ließ seinen blauen Fisch mit Mann und Futter liegen und hockte sich neben Ulrike.

Die tupfte dem Ding einen lila Punkt ein und zog die sechs Ecken von innen lila nach. Dann sah sie Davi an und lachte. „Weißt du nicht, was das ist?“

„Weiß ich doch gar nicht,“ sagte Davi.

„Das ist ein Regenschirm in der Wüste,“ sagte Ulrike.

„Aha,“ sagte Davi und interessierte sich doch mehr für seine eigenen Gemälde.

Wie kommst du drauf, Ulrike? — Ich selbst wäre nie auf den Gedanken gekommen, einen Regenschirm in der Wüste zu malen. Wenn ich zeichne oder male, sind immer Menschen zu sehn, kleine verrückte Tiere, Bäume und Häuser, lebendiges Zeug, das sich bewegt und miteinander turnt und redet und krabbelt und läuft.

„Man weiß doch nie,“ sagte Ulrike und zog die Augenbrauen zusammen, „man weiß doch nie, ob man nicht in der Wüste mal einen Regenschirm braucht.“

„Einen Sonnenschirm?“

„Nö, Regenschirm, kann doch mal regnen in der Wüste.“

... Kann doch mal regnen, wenn man einen Streifen Wüste quer durchs Herz hat, wenn man ein Regenschirm ist, dann weiß man nie, wann's mal regnet, nicht wahr?

Aber kein Mensch braucht den Regenschirm Ulrike, denn in der Wüste sind keine Menschen. Es sind überhaupt keine Menschen da.

Die zum Frühstück kommen, lassen die schmutzigen Tassen stehn, sagen: „Tschö, war klasse bei dir.“

Die zum Übernachten kommen, falten vielleicht das Leintuch zusammen oder rollen den Schlafsack selbst auf: „Einfach dufte, daß du keine Eltern hast wie wir, du hast's gut, bist frei und kannst machen, was du willst.“

Molly ist eine Ausnahme, sie fällt aus der Norm aller braven kleinen Mädchen.

Sie ist ein Regenschirm in der Wüste.
Sie ist allein, allein, allein. Der Regenschirm hält sich nicht einmal an den Wüstensand, sein Griff ist nach innen gebogen, er liegt einfach so in der Wüste und jeder Windstoß treibt ihn weg, woanders hin, bis ihn mal wer findet, der ihn gebrauchen kann, und behalten will.
Aber Friedhelm konnte ihn nicht behalten. Er hat Vater und Mutter und fünf Geschwister, seine Freunde, sein Studium, ein Auto und eine Vorliebe für Fußball.
Klaus kommt nicht in Frage, weil er nicht Ulrikes Typ ist. Kann man nichts machen, ist er eben nicht, wird er auch nie.
Heidi Mischke, die hat ihre Familie und ihr Klavier und konnte beim besten Willen nicht noch mehr für einen Regenschirm tun, nein, wirklich.
Dorothee Grauer — die hat auch ihre eignen Probleme, ihr neues Baby und Davi und Borris und Freunde, die ihr erheblich näher stehen als Ulrike. Ja, stimmt, was soll ich machen, es ist so.
Ulrike heißt Molly und hat ein Zimmer in der Wüste und das Zimmer ist kein Zimmer, es ist voll Sand und leer von Menschen, und Ulrike ist nicht Molly, sie ist ein Regenschirm, rosa mit lila — irre trostlos — rosa mit lila und einem Punkt in der Mitte und einem gebogenen Griff.

Wenn dieses Buch
Ihnen gefallen hat,
haben Sie bestimmt
auch Spaß an ...

Für Leser von 12 Jahren an, aber auch für Erwachsene

Jurij Brezan

Die schwarze Mühle

Mit sechsfarbigen Illustrationen von Werner Klemke
Schutzumschlag von Jürgen Spohn
116 Seiten, Leinen, Format 16,5 × 23 cm

Jurij Brezan, der bedeutende sorbische Erzähler und Nationalpreisträger der DDR, hat bereits vor Otried Preußler die alte wendische Sage vom KRABAT neu gestaltet.

Hier bietet sich ein hochinteressierter Vergleich an. Zwei Erzähler, vom selben Rohmaterial ausgehend, kommen zu zwei völlig unterschiedlichen Büchern.

Brezan fängt in einer meisterlichen Sprache die Hintergründigkeit dieser alten Sage ein. Ein ungewöhnlicher Bilderreichtum zieht den Leser in den Bann. Diese Darstellung erzeugt ein geheimnisvolles, beklemmendes Halbdunkel, das der Sage angemessen ist, und sie läßt zugleich die Zeitlosigkeit und den Gegenwartsbezug dieser Sage deutlich werden.

Sechsfarbige Illustrationen von Professor Werner Klemke machen das Buch zugleich zu einer bibliophilen Kostbarkeit.

Hermann Schaffstein Verlag · Dortmund

Für Leser von 12 Jahren aufwärts

Zilpha Keatley Snyder:

Augen im Goldfischglas

Aus dem Englischen von Dorothea Klatt-Neumann,
Einband von Peter Fink

Wer war das Mädchen im Warenhaus Alcott-Simpson? Wie konnte sie einen Ausweg aus einem verschlossenen Gang finden? Wieso war sie noch nach Ladenschluß im Warenhaus? Wer waren „die anderen", von denen sie sprach? Hatte sie irgend etwas mit dem eigenartigen Zeitungsfoto zu tun, auf dem Augen aus einem Goldfischglas herauszuschauen schienen?

Mit vierzehn Jahren glaubte Dion, er wüßte alles über Alcott-Simpson. Schon als achtjähriger hatte er angefangen, es zu erforschen, was immer auch die Abteilungsleiter und die Hausdetektive dagegen haben mochten. Er mochte dieses Warenhaus. Es kam ihm so viel eleganter und sachlicher vor als das gleichmütige, idealistische und ein wenig unordentliche Leben seines Vaters.

Aber die seltsamen Ereignisse im Warenhaus verblüfften ihn. Je mehr er davon erlebte, desto verwirrter wurde er, und je mehr wurde er in das Geschehen einbezogen. Erst als es schon fast zu spät war, begriff er, in welcher Gefahr er schwebte, erkannte er die Mächte, mit denen er es aufgenommen hatte, wurde ihm bewußt, wie sehr sich sein Leben verändert hatte.

Hermann Schaffstein Verlag · Dortmund